내 친구는 슈퍼스타

바다로 간 달팽이 **018**

내 친구는 슈퍼스타

1판 1쇄 발행일 2016년 10월 10일 • **1판 7쇄 발행일** 2023년 4월 20일
글쓴이 신지영 • **펴낸곳** (주)도서출판 북멘토 • **펴낸이** 김태완
편집주간 이은아 • **편집** 김경란, 조정우 • **디자인** 안상준 • **마케팅** 이상현, 민지원, 염승연
출판등록 제6-800호(2006. 6. 13.)
주소 03990 서울시 마포구 월드컵북로 6길 69(연남동 567-11), IK빌딩 3층
전화 02-332-4885 • **팩스** 02-6021-4885

🔵 bookmentorbooks.co.kr　　✉ bookmentorbooks@hanmail.net
🔵 bookmentorbooks__　　📘 bookmentorbooks

ISBN 978-89-6319-192-8　03810

내 친구는 슈퍼 스타

신지영 지음

북멘토

차례

* * *

소동

　수희가 온다. 미국으로 영화 촬영 간 지 일주일 만이다. 혹시라도 잊을까 봐 학교 오는 내내 그간 만들어 둔 개그를 외웠다. 방송 나가면 써먹으라고 알려 줘야지. 무표정한 얼굴로 하면 아마 대박일 거다.

　수희가 검색어 순위에 올라가면 왠지 모르게 나도 기분이 좋아진다. 특별히 나한테 득이 되는 것도 아닌데 말이다. 전처럼 매일매일 같이 다니지 못하는 건 서운하지만 올해는 같은 반이라도 되어 얼마나 다행인지 모르겠다.

　교문을 들어서는데 게시판 앞에 선생님들과 아이들이 몰려 있었다. 선생님들은 심각한 얼굴로 안절부절못했고, 아이들은 구경거리라도 만난 듯 게시판을 들여다보았다.

무슨 일일까? 어제까지만 해도 마냥 지루하기만 한 학교였는데……. 얼른 그쪽으로 달려갔다.

"이게 무슨 일이래요? 아휴, 난 쳐다보는 것도 무서워요."

"그러게 말입니다. 이거 보통 독한 마음으로 한 짓이 아니네요."

한 선생님이 손바닥으로 얼굴을 가리는 시늉을 하자, 교감 선생님이 뒷짐을 진 채 이맛살을 찌푸렸다.

"선생님, 이거 진수희 맞죠? 얼마 전에 자원봉사를 하며 찍은 거잖아요."

수희란 말에 귀가 번쩍 열려 아이들을 헤치고 게시판 앞으로 다가갔다. 커다랗게 붙어 있는 사진을 보는 순간 나는 흠칫하며 뒤로 물러설 수밖에 없었다. 사진 속에서 웃고 있는 수희의 눈을 누군가 칼로 도려내고 얼굴에 마구 칼질을 해 놓았다. 그것도 모자라 사진 옆에는 '쓰레기, 다 거짓말이야'라고 빨간 펜으로 낙서까지 해 놓았다.

"누, 누가 이, 이런 짓을 한 거야! 말도 안 돼. 수희가 뭘 잘못했다고 이렇게까지 해."

놀라서 입이 얼었는지 말도 잘 나오지 않았다.

"누, 누군지 잡히기만 해 봐. 가만두지 않을 거야."

주먹을 쥐고 씩씩거리는 내 머리에 교감 선생님이 알밤을 놓았다.

"네가 그렇게 부들부들 안 떨어도 선생님들이 다 잡을 거니까 너는 얼른 교실에나 가. 괜히 위험하게 저런 흉악한 짓 하는 놈 잡을 생각 하지 말고."

말은 그렇게 해도 교감 선생님도 곤란한 얼굴이었다. 교문 옆 게시판 주위는 금세 아이들로 꽉 찼다. 교감 선생님은 안 되겠다 싶었는지 급하게 사진을 뜯어냈다. 선생님들이 아이들에게 소리쳤다.

"하여간 공부 빼고는 뭐든지 궁금하지. 얼른 교실로 들어가! 여기서 이러고 있으면 지각인 거 몰라? 그리고 혹시나 해서 하는 말인데 지금 본 거는 다 잊어버려. 만약 소문이라도 나면 너희들 다 교무실로 부를 거다. 누구누구 있는지 다 봐 뒀으니까, 선생님 말 꼭 기억해."

교감 선생님은 사진을 말아 쥐고 학교 안으로 향했다.

"야, 너도 봤지? 진수희 얼굴 장난 아니야."

"누가 그랬을까?"

"사진 옆에 써 놓은 거 봤어? 쓰레기래, 쓰레기. 누군지 몰라도 진수희 엄청 싫어하나 봐."

아이들은 어쩔 수 없이 교실로 들어가면서도 서로서로

속닥거리기 바빴다. 순간 수희가 사진을 봤으면 어떡하나 걱정되기 시작했다. 학교에 아직 안 왔겠지? 항상 조금씩 늦게 왔잖아. 마음이 급해지자 걸음도 빨라졌다. 헐떡이는 숨을 고르며 문을 열자마자 수희 자리부터 살펴보았다. 수희는 아무 일도 없다는 듯이 책을 보고 있었다.

'다행이다. 아직 못 봤나 보네. 그걸 보고도 저렇게 태연하진 못하겠지. 학교에 자주 오지도 못하는데, 이런 일 생긴 거 알면 놀랄 거야. 절대 모르게 해야지.'

나는 얼른 수희 옆자리에 앉았다.

"쑤희! 오늘은 일찍 왔군."

쑤희라고 장난스럽게 부르는 소리에 수희가 고개를 들어 배시시 웃었다.

"응, 이 몸이 오늘은 좀 한가하거든. 수업도 끝까지 다 들을 수 있어."

"오호! 진짜야? 그럼 오늘은 끝나고 같이 집에 갈 수 있는 거야?"

"당근이지, 이따가 네가 좋아하는 디럭스버거도 사 주마."

나는 강아지처럼 혀를 내밀고 촐랑대며 좋아하는 시늉을 했다.

"오오! 주인님, 시키실 일이라도 있으면 오늘 하루 언제든지 부담 없이 불러 주세요!"

"엥, 오늘 하루만?"

수희가 팔짱을 끼며 높고 가는 목소리로 아줌마처럼 물었다.

"그럼 햄버거로 이틀이나 날 부려 먹으려고 했어?"

나도 아줌마 목소리로 받아쳤다.

"흠, 역시 햄버거는 오래가지 못하는군."

수희가 안타까운 듯 손뼉을 치며 내 말에 장단을 맞추자 주변에 있던 애들이 재미있다고 깔깔거렸다.

"그 대신 내가 좋은 거 알려 줄게. 이거 생각하느라고 어제 머리털 다 빠지는 줄 알았다. 나중에 방송에서 써먹어. 완전 히트 칠 거야."

나는 아이들이 웃는 때를 놓치지 않고 말을 이어 붙였다.

"뭔데? 듣고서 재미없으면 귀밑머리 하나 뽑는 거다."

수희가 의자를 끌어당기며 내 앞으로 다가왔다. 나는 목소리를 몇 번 가다듬고 심각한 표정으로 입을 열었다.

"배 안에서 배를 먹었더니 배가 아프네. 나무 보고 나무라지 마. 나무가 삐지면 나, 무라고 우길지도 몰라."

썰렁했는지 귀를 기울였던 아이들이 모두 책상을 치며

괴로워했다. 수희는 가만히 듣고 나더니 입꼬리를 올리며 아까보다 더 바짝 얼굴을 가져다 댔다.

"자, 이제 머리카락을 뽑아 볼까? 설마 도망칠 생각은 아니겠지?"

나는 슬슬 의자를 빼며 일어났다.

"그래도 이마에 땀나게 만든 건데, 그렇게 내 머리털을 뽑아야겠어? 이제 막 귀밑으로 삐져나오기 시작한 소녀의 상징을! 하여튼 이거 한여름에 써먹어 봐. 에어컨보다 시원해지고 좋아."

"잠깐이나마 재밌을 거라고 믿었던 나의 이 순진함이 진짜 밉다!"

수희의 연극 같은 말투에 교실 안은 다시 웃음으로 가득 찼다. 나는 그때서야 내 자리로 가 가방을 열었다. 수희와 있으면 항상 이렇다. 언제나 시간 가는 줄 모르게 재미있다. 아이들은 수희와 내가 하는 장난들을 좋아한다. 중학생이 되고 한 번 더 같은 반이 되어 얼마나 다행인지 모른다. 수희는 유명해졌어도 항상 똑같다. 내 친구라서 하는 말이 아니라, 정말이지 잘난 척도 하지 않고 누굴 무시하지도 않는다. 나와 함께 우리 집에서 남은 반찬으로 쓱쓱 비빈 비빔밥을 맛있게 먹던 그 수희, 그대로다. 엄마 아빠가 일 나간 빈집에서 한참 어린 우리가 해 먹을 수 있는 건 비빔밥뿐이었다. 냉장고를 열어 김치, 남은 반찬에 고추장 넣고 참기름 몇 방울 떨어뜨려 비비면 피자나 치킨이 부럽지 않았다. 그렇게 배가 볼록하게 먹고는 해가 지도록 컴퓨터 게임도 하고 숙제도 하며 놀았었다.

"2학년 5반 진수희, 진수희 학생은 지금 바로 교무실로 내려오세요."

교실 스피커에서 수희를 호출하는 방송이 나오자 가슴이 철렁 내려앉았다. 나는 얼른 뒤를 돌아 수희의 눈치를 살폈다. 수희는 별다른 표정 없이 의자에서 조용히 일어났다.

"수희야, 너 또 방송에서 취재 나왔나 봐. 얼른 내려가 봐. 이번에는 나도 좀 텔레비전에 나오게 해 줘라."

"나도, 나도. 친구 덕에 울 엄마가 방송에서 아들 좀 보게 해 줘."

조회를 하던 아이들이 부러운 듯 수희를 쳐다보며 한마디씩 했다.

"조용히 해! 수희는 얼른 내려가 보고. 수희가 연예인이지 너희가 연예인이야! 뭔 놈의 텔레비전은 그렇게 나오고 싫어 해. 찬물도 위아래가 있는데, 이 선생님부터 나오는 게 순서 아니겠니?"

선생님이 탁자를 두드리며 얘기하자 아이들은 책 속에 고개를 파묻으며 킥킥거렸다. 다행히 반 아이들 대부분이 아침의 소란을 모르는 것 같았다. 하지만 아무리 선생님들이 아이들 입단속을 시켜도 소문을 완벽하게 잠재울 수는 없을 거다. 눈을 도려낸 사진을 본 아이들도 꽤 많았으니까. 이대로 조용히 넘어갔으면 좋겠는데, 수희가 교무실에서 무슨 말을 들을지 걱정이 앞섰다. 선생님들이 너무 심각하게 말하지 않으면 좋겠는데……. 책 속의 글자가 하나도 눈에 들어오지 않았다. 손안에 땀이 자꾸 찼다. 겉으로 표현하진 않지만 요즘 수희는 정말 피곤하다. 드라마만 두 개에 어린이 프로 진행 하나, 그리고 영화 촬영까지 같이 하고 있다. 잠잘 시간도 부족한지 얼마 전부터는 전화 걸 때마다 졸고 있었다. 그런데 이런 일까지 겪게 되면 얼마나 힘들까.

수업 시작 종이 치기 전에 교실 문이 열리면서 수희가 들어왔다. 얼굴이 그렇게 어두워 보이지는 않았다. 평소와 비슷해 보였다. 아무렇지도 않게 책을 읽는 모습을 보니 마음이 조금 놓였다. 쉬는 시간이 되자마자 수희에게 다가

갔다.

"교무실에서 왜 불렀어?"

수희의 눈치를 살피며 조심스럽게 물었다.

"응, 별일 아니야. 그냥 뭐 좀 물어볼 게 있었나 봐."

옆에서 듣던 진이가 실망스러운 듯 턱을 괴었다.

"그럼 방송국에서 나온 건 아닌가 보네."

"그러게, 방송국에서 나오면 이번엔 꼭 내 짝, 불어 터진 왕만두를 소개하려고 했더니만 안타깝다."

"너, 왕만두 하지 말랬지. 내가 어딜 봐서 왕만두야? 이렇게 귀여운 왕만두 봤어?"

진이가 볼멘소리를 하며 수희의 옆구리를 콕콕 찔러 댔다.

"흠, 너, 자꾸 그렇게 아니라고 잡아떼면 양념간장 발라 버린다."

"그, 그것만은 참아 줘. 울 엄마가 외동딸 못 알아볼까 두렵다."

나는 짝과 장난치는 수희의 소매를 잡아당겼다.

"조금만 자세히 얘기해 봐. 뭐 물어보려고 부른 거야?"

"네가 나 좋아하는 거야 잘 알지만 왜 그렇게 내 일에 관심이 많아? 너, 그거 완전 스토킹 수준이야. 아무리 그

래도 난 널 사랑할 순 없어. 우린 이루어질 수 없는 사이잖
아.”

“야, 장난 좀 치지 말고. 뭐라 그랬냐고.”

나는 정색을 하며 다시 큰 소리로 물었다.

“에잇, 재미없게 왜 이리 심각해. 별일 아니라니까. 그냥
누가 내 사진에 낙서 좀 했대. 그래서 혹시 주변에 그럴 만
한 사람 있냐고 물어보더라.”

반 아이들이 호기심 가득한 눈으로 수희 곁에 몰려들
었다.

“무슨 사진? 그 교문 옆에 붙은 거?”

“무슨 낙서기에 너까지 불러내냐.”

아이들은 눈을 반짝거리며 수희의 입에서 떨어질 말만
기다렸다.

“아, 내가 진짜 기자나 리포터 들한테 질문받는 것도 지
겨운데 교실에서까지 이렇게 질문에 시달려야 하냐? 이게
다 현지 너 때문이야! 오늘 햄버거 산다는 말 취소다!”

반 애들에 둘러싸여 있는 수희를 보니 괜히 미안한 생
각이 들었다. 너무 걱정스러워서 나도 모르게 목소리가 커
졌는데 오히려 수희한테 피해만 준 거 같았다.

“그러게, 조금 큰 소리를 냈더니 바로 시선 집중이네.

이게 다 너를 심하게 아끼다 보니 생긴 일이니 이해해라, 친구. 그리고 햄버거는 포기할 수 없다.”

“백현지! 잘못하면 햄버거 하나에 나도 팔겠는걸. 안 사 준다 그러면 절교라도 하겠다?”

수희가 내 어깨를 잡으며 흔들었다.

“몰랐어? 나, 원래 이런 녀석이야. 그렇다고 하나에 팔지는 않고, 두 개면 고민해 보겠어.”

우리 주변에 있던 아이들이 또 한바탕 웃음을 터트렸다. 아이들은 더 이상 사진 사건에 관심을 갖지 않고 웃고 떠들다가 자리로 가 앉았다. 나도 내 자리로 돌아가 핸드폰을 꺼내 카톡을 보냈다.

─수희야, 진짜 괜찮은 거지?

금방 수희에게 답이 왔다.

─물론, 친구. 내가 누구냐! 우리 동네에서 제일 간땡이 부은 진수희 님 아니냐.

─그래, 네가 괜찮으면 됐어. 그런 낙서 따위 잊어버리고 신경 쓰지 마.

─인터넷 악플에 단련된 나잖아! 거기 비하면 이런 일쯤이야 코끼리 비스킷 먹기야.

─흐흐흐. 원숭이 바나나 먹기냐?

─그렇지, 백현지 햄버거 먹기지.

핸드폰을 주머니에 넣고는 수희를 향해 동그라미를 크게 날려 줬다. 수희가 덥석 받아서 먹는 시늉을 했다.

점심시간에 몇몇 아이들이 우리 반을 지나며 힐끔거리긴 했지만 별다른 일은 없었다. 학교 안에서도 낙서에 대한 소문이 더 커지지는 않은 듯했다. 우리는 학교가 끝나고 햄버거 가게를 갔다. 그리고 진짜 오랜만에 폭풍 수다를 떨었다. 하지만 얼마 지나지 않아 수희의 핸드폰이 울려 댔다. 통화를 마치고 십 분이나 지났을까. 수희 엄마의 차가 햄버거 가게 앞에 나타났다. 차에서 계속 경적을 울려 대는 통에 주변 사람들이 다 쳐다보았다. 수희는 창피한지 이마까지 빨개졌다. 우리는 햄버거를 마저 먹지도 못하고 바쁘게 일어나야 했다. 수희는 유리문을 밀고 나가자마자 누가 볼세라 고개를 숙이고는 엄마 차 쪽으로 걸었다.

"안녕하세요."

나는 아줌마를 향해 90도로 허리를 숙여 깍듯이 인사했다. 아줌마는 눈도 잘 보이지 않는 검은 선글라스를 쓰고는 나에게 쏘아붙였다.

"또 너니? 우리 수희는 옆길로 샜다 하면 어떻게 너랑 있니? 너, 자꾸 우리 딸 불러내지 말랬지. 수희가 너처럼 한가해?"

수희는 운전석 문을 열고 아줌마를 밀어 넣었다.

"엄마는 왜 현지만 보면 뭐라고 해? 오늘도 내가 오자고 한 거야. 잘 알지도 못하면서. 현지야, 미안해. 얼른 가. 다음에 놀자."

아줌마는 수희가 못마땅한 듯 신경질적으로 소리쳤다.

"아니, 네가 뭐가 아쉬워서 아직도 쟤라면 껌뻑 죽는 거야? 똥구멍이 찢어지게 가난한 거밖에 더 볼 거 있어? 이제 저런 애랑 놀지 말라고 몇 번을 말해야 알아들어? 아주 쟤만 보면 옛날 생각이 나서 자다가도 벌떡 일어나겠구만."

아줌마는 차에 타고 나서도 계속 잔소리를 했다. 나는 일부러 못 들은 척 고개를 돌렸다. 수희가 조수석 창문으로 고개를 내밀고는 잘 가라며 손짓을 했다. 나는 자꾸 돌아보는 수희가 안쓰러워 차가 보이지 않을 때까지 계속 손을 흔들어 댔다.

도를 아십니까? 도윤우

　신호등의 파란불이 깜박거렸다. 멍하니 서 있다 반쯤 건너간 사람들을 보고서야 서둘러 횡단보도를 달렸다. 학원 앞까지 오긴 왔는데 자꾸 수희 생각이 나서 계단을 올라가는 발이 떨어지질 않았다. 다른 때 같으면 씩 한 번 웃고는 씩씩하게 아줌마를 따라갔었다. 그런데 오늘따라 차 안에서 몇 번이나 돌아보던 수희가 마음에 걸렸다. 나는 계단에 쪼그려 앉아 수희에게 카톡을 보냈다.

　ㅡ수희야, 지금 가는 중?

　학원에 올라가던 아이들이 힐끔힐끔 쳐다봤다. 나는 아이들이 쳐다보건 말건 핸드폰을 손에 쥔 채 답장이 오기만 기다렸다. 띠링, 카톡이 울렸다.

－응, KMC 방송국 가는 중이야. 오늘 〈모여라 친구들〉 녹화 있거든.

나는 '앗싸'를 외쳤다. 〈모여라 친구들〉은 수희가 진행하는 어린이 프로그램이다. 아이들이 많이 나오기 때문에 다른 출연자가 촬영하는 동안 수희와 얘기할 수 있다. 얼마 전에도 수희가 작가 언니에게 얘기해서 밤늦게까지 함께 있었다. 물론 아줌마가 끝날 때까지 나를 째려보며 쫓아다녔지만, 뭐 아줌마가 그러는 게 하루 이틀인가. 이제는 아줌마의 웬만한 공격에도 끄떡없는 울트라걸이 돼 가고 있다.

－그럼, 저번처럼 너 녹화하는 데 가도 돼?

나는 학원도 잊어버리고는 꼬랑지에 힘이 팍 들어간 강아지처럼 신나게 카톡을 보냈다.

－그러려면 작가 언니한테 미리 말해야 하는데 오늘은 힘들 거 같다. 미안해. 나도 너랑 하루 종일 놀았으면 좋겠다. 연예인 괜히 됐나 봐.

수희의 대답에 핸드폰을 만지던 손에서 힘이 빠졌다.

－무슨 소리야? 다른 애들은 연예인 하고 싶어서 난린데. 내 덕분에 스타 된 건 알지? 그 자리 잘 지키려면 오늘도 촬영 열심히 해!

나는 힘내서 카톡을 보낸 뒤 엉덩이를 털고 일어섰다. 시간을 보니 수업에 이미 오 분이나 지각이었다. 학원 문 앞까지 갔다 아무래도 찜찜해 뒤돌아 나왔다. 다른 때 같으면 바로 답을 보낼 텐데 아직까지 핸드폰이 조용한 게 마음에 걸렸다. 학원 수업에도 어차피 늦었겠다, 나는 버스 정류장으로 달려가 여의도로 가는 버스에 올라탔다. 다행히 버스는 막히지 않고 잘 달렸다. 잘하면 방송국 앞에서 수희 얼굴이라도 보고 잠깐 얘기할 수 있을 거 같았다. 아무 말도 안 하고 몰래 가서 깜짝 놀라게 해 줘야지. 날 보면 감동해서 오늘 기분 나빴던 것도 다 잊어버릴 거야.

음악 프로를 하는 날인지 방송국 앞에는 중·고등학생들이 가득 모여 있었다. 모두들 자기가 좋아하는 가수의 이름을 커다랗게 쓴 플래카드를 들고 끼리끼리 뭉쳐 있었다. 방송국에 들어가는 가수의 얼굴을 조금이라도 가까이에서 보기 위해 좋은 자리를 차지하려고 다투는 소리도 여기저기서 들려왔다. 초등학생인지 나보다 앳되어 보이는 아이들도 많았다. 그러고 보니 수희 팬들도 어린애들이 많았다. 아직 어린데 벌써부터 연예인을 쫓아다니는 게 조금 한심해 보이기도 했다.

수희를 따라서 몇 번이나 방송국을 와 봤어도 정말 오늘 같은 날은 없었다. 사람이 너무 많아 어디가 어딘지 구분도 잘 가지 않았다. 거짓말을 조금 보태면 우리나라에 있는 교복이란 교복은 여기 다 모여 있는 거 같았다. 이렇게 가만있으면 안 되겠단 생각이 들었다. 가뜩이나 대부분 나보다 키도 커서 뒤에만 있다간 방송국 들어가는 수희 뒤통수도 못 볼 거 같았다. 나는 기를 쓰고 교복들 사이를 비집고 들어갔다. 먼지 냄새, 땀 냄새에 눈 뜨기도 힘들었다. 양팔을 휘저으며 간신히 뚫고 가는데 갑자기 쿵 하는 소리와 함께 머리에서 번갯불이 번쩍거렸다. 나는 머리를 감싸 쥐고는 자리에 주저앉았다.

"아야…… 뭐야!"

"뭐긴 뭐야! 돌머리에 부딪힌 사람이다! 너, 눈이 아까워서 감고 다니냐?"

고개를 들고 보니 눈매가 가늘고 얼굴이 하얀 남자애가 나를 내려다보고 있었다. 교복도 입지 않고 키도 작은 게 아무리 봐도 초등학생처럼 보였다.

"돌에 부딪치고도 안 깨졌으면 너도 돌이라는 소리 아니야?"

나는 머리를 문지르며 남자애에게 쏘아붙였다.

"돌 부서지는 소리 하네. 나는 말랑말랑한 고무다."

"너야말로 고무 터지는 소리 그만하고 얼른 비켜. 너 때문에 수희 못 보면 책임질 거야?"

나는 남자애를 어깨로 밀쳐 내며 소리쳤다.

"뭐? 누구? 〈모여라 친구들〉, 진수희?"

남자애가 가느다란 눈을 더 가늘게 떴다.

"그래, 그 진수희다. 그런데 넌 초딩 같은데 어디서 수희한테 반말이야!"

"내가 어딜 봐서 초딩이야! 이래 봬도 중학교 2학년이야! 너야말로 코찔찔이 초글링같이 생겨서 어디서 수희한테 반말이야!"

남자애는 오히려 나를 째려보며 따졌다.

"어휴, 귀 따가워. 나도 초딩 아니야! 오늘은 내가 수희 보러 왔으니까 참는다."

아까도 수희 얘기에 눈을 가늘게 뜨더니 이번에도 수희란 이름을 듣자마자 남자애의 사납던 표정이 부드럽게 바뀌었다.

"그래? 너도 나처럼 진수희 팬이라는 거지?"

그러더니 가방에서 뭔가를 꺼내 내게 내밀었다. 조그만 색지에 '오직 진수희!'라고 쓰여 있었다. 나는 남자애가 수희 팬이라는 사실에 괜히 어깨가 으쓱 올라갔다.

"아니야, 수희랑 친하기는 하지만 난 팬은 아니야. 그냥 친구야 친구."

남자애는 불쌍하다는 듯이 위아래로 날 훑어봤다.

"여기 또 다른 세상에서 사는 애 하나 있네. 물론 너야 친구가 되고 싶겠지. 그렇게 따지면 나는 너보다 수희랑 더 친할걸."

나는 답답해서 발을 동동 구르며 양손을 크게 흔들었다.

"그게 아니라 진짜 친구야. 어릴 때부터 같이 자란, 수희의 하나밖에 없는 절친이라니까. 너, 인터넷에서 기사 못 봤어? 수희가 내 이름 몇 번 말했는데."

"그럼 네가 현지란 말이야?"

남자애는 못 믿겠다는 눈빛으로 또다시 나를 위아래로 훑어봤다.

"어, 어, 내가 그 현지야. 백현지!"

나는 맞는다고 크게 박수를 쳤다.

"네가 백현지라면 왜 여기서 이러고 있어? 전화 한 통만 하면 수희랑 바로 만날 텐데."

"그게 다 이유가 있어. 오늘은 짠 하고 나타나서 놀라게 해 주려고 여기 온다는 말도 안 했단 말이야. 근데 이렇게 교복 군단이 많을 줄은 몰랐지.”

그래도 남자애는 찝찝해하는 얼굴로 나를 관찰하듯 훑었다.

“아무래도 못 믿겠어. 수희 팬카페에도 지금 너처럼 수희랑 친구라고 우기던 애가 있었는데, 다 거짓말이었어. 알고 보니 고등학생이었어. 나중에는 수희가 자기를 안 만나준다고 수희네 아파트 앞까지 가서 래커로 낙서하고, 몰래 수희네 우편물 뒤지다 걸려서 난리도 아니었단 말이야.”

“알아, 알아. 그 오빠 얼굴도 크고 엄청 뚱뚱하잖아. 나그때 수희 따라서 경찰서도 갔었어. 이름이 뭐였더라. 박뭐였는데. 맞다. 박지운, 맞지?”

열심히 땀까지 흘리며 설명하는데 갑자기 교복 군단이 소리를 지르며 한쪽으로 달려가기 시작했다. 고개를 돌려보니 가수들을 태운 차들이 방송국으로 들어오고 있었다. 교복 군단에 휩쓸려 몸이 휘청하는데 남자애가 내 소매를 잡고 움직이기 시작했다.

“일단 네 말이 맞는다 치고 다른 데로 피하자. 여기 있다가는 수희 보는 건 둘째 치고 교복에 치여 금방 뻗겠다.”

나는 남자애의 손을 뿌리치며 짜증을 냈다.

“이러다 수희 오는 것도 못 보면 어떡해!”

"걱정 마. 수희가 녹화하는 별관은 저 앞 통로로 지나간 단 말이야. 나는 첨부터 여기 교복들 틈을 지나서 통로 옆으로 가려고 하다가 너랑 부딪친 거야."

나는 남자애에게 다시 끌려가면서도 별걸 다 안다는 생각에 절로 감탄이 나왔다.

"오오, 그런 것까지 알아? 진짜 수희 왕팬이구나. 너, 이름이 뭐야? 내가 수희한테 말해 줄게."

남자애는 별거 아니라는 듯 나를 쳐다보더니 통로에 도착하자마자 바닥에 쪼그려 앉았다.

"수희 팬들은 다 아는 거야. 팬카페에 수희에 관한 모든 것을 올려 주는 애가 있거든. 오늘 녹화하는 것도 카페 게시판에서 보고 온 거야. 수희가 워낙에 팬들이 몰려다니는 걸 싫어해서 각자 어딘가 구석에 숨어 있을 테지만 꽤 많은 애들이 수희 보러 와 있을걸. 넌 절친이라면서 그런 것도 몰라?"

"내가 그런 거 알아서 뭐해? 전화도 언제든지 할 수 있고, 학교에서도 만나는데."

자신만만하게 대답하는 나를 보더니 남자애는 조금 부럽다는 듯한 얼굴이 되었다.

"알았으니까 그만 좀 얘기해라. 샘나서 배 아프면 책임도 못 질 거면서. 아, 아까 내 이름 물어봤지? 난 도윤우야. 세은중학교 2학년. 내 이름이 기억 안 나면 '도를 아십니까? 도윤우' 이렇게 기억해 둬. 안 잊어 먹을 거야. 수희에게 꼭 알려 주고 게시판에 나에 대한 글도 좀 남겨 달라 그래. 나도 팬카페 애들한테 부러운 눈길 좀 받아 보자."

"도를 아십니까? 야, 그게 뭐야! 너무 웃긴다. 잊고 싶어도 절대 못 잊겠다. 도를 아냐니, 알긴 뭘 알아."

내가 웃음을 터트리자 도윤우는 그럴 줄 알았다는 듯이 입꼬리 한쪽을 씩 올리며 웃었다.

"왜 몰라! 너도 이제 도를 알지. 내가 도씨잖아."

"아이쿠, 그렇군요. 제가 몰라뵀습니다. 앞으로 많은 가르침 부탁드립니다, 도 선생님."

나는 장난스레 도윤우에게 허리를 굽신거렸다.

"오오, 너도 개그 좀 칠 줄 아는구나. 하여튼 잘 부탁한다. 수희한테 내가 얼마나 재미난 앤지 말 좀 잘 전해 줘."

친구라고 이런 부탁까지 하다니, 역시 수희는 대단하다. 나는 팔짱까지 끼고 여유 있게 도윤우를 바라보며 웃었다.

"수희가 팬카페에 네 이름을 얘기하는 것만으로도 애들이 부러워해?"

"당연하지. 우리가 왜 팬카페에 뭉쳐서 얼굴도 모르는

회원들끼리 오글오글 친한 척을 해 대며 수희 기사마다 댓글을 다는 건데. 전부 수희 한 명 보고 그러는 거거든. 그런데 수희가 따로 이름까지 부르면서 알은척해 주면 완전 짱이지!"

신나서 얘기하는 도윤우의 눈빛이 반짝반짝 빛났다. 생각만 해도 행복한 것처럼 보였다.

"우리 엄마가 나한테 하는 말을 너한테 하게 될 줄은 몰랐다. 진짜 그 정성으로 공부를 했으면 전교 일등도 문제없겠다."

물론 수희가 내 제일 친한 친구고 아무리 슈퍼스타라고 해도, 수희에게 너무 푹 빠진 모습은 좀 한심하다는 생각이 들었다.

"걱정 마시게. 나, 우리 학교 영어 경시대회 일등이고, 공부도 잘해."

도윤우는 자신만만하게 나를 보며 큰 소리로 웃었다.

"뻥치시네, 네가 일등이면 나는 일일등이다."

내가 침까지 튀겨 가며 대꾸하자 도윤우도 지지 않고 쏘아붙였다.

"일일등은 또 뭐냐! 유치하게. 너, 말하는 거 보니 국어 성적은 안 봐도 뻔하다."

“뭐가 뻔해! 나, 그래도 우리 반에서 공부 잘하는 편이야!”

나는 팔짝팔짝 뛰면서 화를 냈다.

“오늘 네 꼬락서니를 봐서는 아무리 잘한다고 우겨 대도 반에서 중간이나 하면 잘 쳐준 거겠다.”

헉, 어떻게 알았지? 진짜 어디서 도를 익혔나. 점쟁이도 아니면서 이렇게 딱 맞히냐. 나는 찔리는 얼굴을 감추려고 고개를 돌리며 잽싸게 딴말로 돌렸다.

“수희 차는 왜 이리 안 보이지? 올 때가 지난 거 같은데.”

“에이, 못 들은 척하는 거 보니까 내가 딱 맞혔나 보네.”

도윤우가 장난스럽게 놀려 댔다. 나는 조금 얄미운 생각이 들어 도윤우를 흘겨보며 마른기침을 해 댔다.

“야, 근데 목 아프지 않아? 교복 군단이 하도 뭉쳐 다녀서 그런지 먼지가 장난 아니다.”

“이래서 초보는 안 된다니까. 팬은 뭐 아무나 하는 줄 알아?”

도윤우는 가방을 열더니 꽁꽁 얼린 물병과 사이다를 꺼냈다.

“오늘은 그래도 별로 안 기다리는 거야. 하루 종일 기다릴 때는 도시락이 필수야. 괜히 뭐 사 먹으러 갔다가 수희

놓치면 나만 손해거든. 어떤 거 마실래?”

“그래, 너, 아는 거 많아서 좋겠다. 사이다는 나중에 더 목마를 거 같다. 그냥 얼음물로 줘.”

도윤우는 물병을 얼굴에 몇 번 대더니 아쉽다는 듯 나에게 건넸다.

“어제 밤새 얼린 거니까 아껴 먹어. 내가 원래 이런 거 절대 안 주는데 넌 수희 친구라고 해서 주는 거야. 그러니까…….”

말이 끝나기도 전에 나는 얼른 물병을 낚아챘다.

“알아, 알아. 수희한테 꼭 얘기할 테니까 걱정 마.”

도윤우는 사이다 뚜껑을 열면서 고개를 갸웃거렸다.

“아무리 봐도 수희가 너같이 덜떨어진 애랑 친구 할 것 같지는 않은데…… 에이, 모르겠다. 그냥 속아 주지, 뭐.”

“수희랑 친군지 아닌지 이따 보면 알잖아. 나야말로 네가 일등이란 말 진짜 못 믿겠다.”

나는 얼음물을 벌컥벌컥 마시며 대꾸했다.

“보면 모르겠어? 남들은 말만 듣고도 내가 얼마나 똑똑한지 척척 알던데.”

“사람을 겉만 보고 어떻게 알아! 어쨌든 난 수희랑 제일 친한 친구 맞으니까 못 믿겠다는 소리는 그만해.”

친구와 팬의 차이

물을 마시고는 쪼그려 앉아 잠시 쉬고 있는데 뒤에서 웅성거리는 소리가 들렸다. 어느 틈엔가 교복 군단이 우리가 앉은 쪽으로 우르르 몰려와 있었다. 도윤우는 놀라지도 않고 헛기침을 몇 번 하더니 벌떡 일어나 뒤편 교복 군단을 노려보았다. 나도 엉겁결에 따라서 일어났다. 아이들이 든 플래카드에는 '이스케이프 사랑해요', '최강 미남 양윤민'과 같은 문구들이 쓰여 있었다. 아이들은 떼로 몰려와 우리를 밀쳐 내려 했다.

"야, 여긴 우리가 먼저 차지한 자리야. 너희는 상도덕도 없어? 이렇게 막 치고 들어오면 어떡해!"

도윤우가 교복 군단에 맞서 소리쳤다.

"상도덕 같은 소리 하네. 여기에 주인 있는 자리가 어디 있어? 차지한 사람이 임자지."

뿔테 안경을 쓴 여자애가 슬슬 비웃으며 플래카드로 부채질을 해 댔다.

"너희 이스케이프 팬들이지? 그러면 '케이프러브'겠네. 거기 회장 형이 너희들 이렇게 민폐 끼치고 다니는 거 알아? 내가 너희 카페에 글 좀 올려 볼까?"

도윤우는 팔짱을 끼고 뿔테 안경이 했던 것처럼 비웃었다. 뿔테 안경은 얼굴이 빨갛게 달아올랐지만 억지로 참으며 다시 입을 열었다.

"콩알만 한 게 아주 입은 제대로 야무지네. 네가 뭔데 우리 카페에 들어온다는 거야! 이쪽에서 기다리는 거 보니 너희 수희 팬이지? 오늘은 이 자리 우리가 좀 써야겠으니까 좋은 말로 할 때 얌전히 비켜라. 너희는 딸랑 두 명이니까 아무 데나 짱박혀 있으면 되잖아."

도윤우는 눈 하나 깜짝 안 하고 뿔테 안경을 쳐다보았다.

"너희나 짱박혀서 기다려. 저기 저쪽에 창고 같은 데 있으니까 저기라도 들어가서 기다리든지. 경비 아저씨가 밖에서 잠가도 너희 오빠들이 구해 주겠지. 너희 오빠들 이스케이프잖아. 아, 너희도 오빠 따라다니면서 탈출하는 거 하나는 제대로 배웠을 테니까 문제없으려나."

뿔테 안경은 금방 발끈한 표정이 됐지만 꾹 참는 듯 보였다.

"어머나, 그런데 수희가 팬들 몰려다니는 거 어마어마하게 싫어한다는 게 맞긴 한가 보네. 너희는 뭉쳐 다니지도 못한다며? 그래서 우리가 그러잖아, 너희 팬덤은 다 불가촉천민이라고."

그 말에 도윤우도 얼굴이 금방 벌게졌다. 하지만 화내면 지기라도 하는 것처럼 억지 미소까지 지어 보였다.

"아, 그래서 너희 애들이 매일매일 그렇게 뭉쳐 다니면서 다른 팬덤 애들 자리 다 뺏고 오빠들 얼굴에 똥칠하는거냐? 맞아, 네 말처럼 우리 수희가 원래 몰려다니는 거 질색하지. 없어 보이잖아. 무슨 깡패도 아니고, 각설이패도 아니고. 몰려다니지 않으면 아무것도 못 하는 너희랑 수희 팬을 비교하면 곤란하지. 우리는 콘셉트가 점조직 일당백이야. 촌스럽게 뭐야, 남의 자리나 뺏고."

도윤우가 신나게 쏘아 대자 케이프러브들은 지들끼리 쑥덕대기 시작했다. 주변에서도 구경을 오니 조금 쪽팔린 듯했다. 뿔테 안경은 더 이상 못 참겠는지 드디어 폭발해서 소리를 질러 댔다.

"난쟁이 똥자루만 한 게 어디서 헛소리야! 우리가 뭐 각설이패? 우리가 각설이면 너희는 뭐야!"

도윤우는 이겼다는 듯이 씩 웃었다.

"말했잖아. 우리는 폼 나는 점조직이라니까. 야, 너 소리 그만 질러. 다른 팬덤 애들까지 구경 오잖아. 그리고 혹시나 해서 하는 말인데 여기서 너희가 날 밀치기라도 하면 여기저기 숨어 있는 수희 팬들도 가만히 안 있을걸. 우리가 또 필요할 때 모른 척 못 하거든. 궁금하면 한번 밀쳐 보든가."

도윤우는 머리를 뿔테 안경 턱밑으로 자꾸 들이밀었다. 아이들이 더 몰려들었고 케이프러브들은 주위의 시선을 의식한 듯 뿔테 안경의 귓가에 뭐라고 속닥였다. 그러고는 얼굴이 새빨개진 뿔테 안경을 데리고 원래 있던 곳으로 움직이기 시작했다. 구경 온 아이들을 비집고 낑낑거리며 길을 만드는 모습이 우스꽝스러워 보였다. 도윤우가 그런 케이프러브들 뒤에 대고 소리쳤다.

"야! 너희 오빠들이 이스케이프라서 그런지 잘도 탈출하네! 얼른 가라. 그나마 너희 자리 다 뺏기지 말고."

구경하려고 몰려들었던 아이들이 그 소리에 킥킥 웃으

며 하나둘 돌아갔다. 나는 그런 도윤우를 보면서 혀를 내둘렀다.

"야! 너, 진짜 깡 좋다. 떼로 몰려온 애들을 눈 하나 깜짝 안 하고 어떻게 그렇게 상대해?"

도윤우는 어깨를 으쓱해 보였다.

"나, 원래 이런 거 잘해. 옛날에 저 애들보다 더 독하고 끔찍한 애들한테 당한 후부터는 앞으로 절대 남한테 당하지 말자고 다짐했거든."

"아무리 그래도 그렇지. 진짜 대단하다. 나라면 상상도 못 해."

나는 진심으로 감탄해서 박수까지 쳤다.

"내가 설마 믿는 구석도 없이 이랬겠냐? 아마 아까 그 뽈테가 나를 쳤으면 주변에 있던 수희 팬들이 몰려와서 도와줬을걸. 전에도 비슷한 일이 있었어. 우리는 수희 때문에 몰려다니지 못하니까 이렇게라도 서로 도와주자고 약속도 했었고."

도윤우는 긴장이 풀렸는지 한숨을 내쉬고는 소매로 이마의 땀을 닦아 내며 말했다.

"너희 팬들도 대단하다. 이건 뭐 전쟁터가 따로 없구나. 자리 때문에 싸움까지 하고. 스타가 그렇게 대단한 거야?"

"다른 스타는 모르겠고, 수희는 대단하지. 친구는 이렇게 못 하겠어? 팬도 하는데 친구가 왜 못 해?"

도윤우가 한심하다는 듯 나를 쳐다봤다. 나는 조금 부끄러운 생각도 들었지만 고개를 절레절레 흔들었다.

"친구야 서로 친하니까 도와야지. 그런데 너희는 수희랑 친한 것도 아니잖아."

도윤우는 그 소리가 못마땅했는지 입이 툭 튀어나왔다.

"친하다의 기준이 뭐냐? 솔직히 친구는 서로 주고받는 관계잖아. 한 사람만 희생하는 거 아무도 좋아하지 않지. 우리는 그렇지 않아. 우리가 주는 거 수희가 기쁘게만 받아도 우리는 그 배로 기뻐. 그 마음이 어때서? 친구보다 훨씬 순수하지 않아?"

"야, 그건 잘못하면 사생활 침해하는 스토커랑 비슷하잖아."

나는 곤란한 얼굴로 대꾸했다. 도윤우는 화가 나는지 내 팔을 툭 쳤다.

"우리가 얼마나 사생팬 싫어하는지 알아? 사생팬은 범죄라고. 우리가 바본 줄 알아? 그런 애들 때문에 우리같이 착하고 모범적인 팬들이 욕먹는 거야. 걔들은 그냥 범죄자야. 우리하곤 달라. 우리는 수희 사생활에 전혀 간섭 안

해. 얼마나 존중해 주는데.”

도윤우의 말이 딱히 틀린 건 아니었다. 하지만 내가 수희랑 친구가 아니고 남이었다면 내 앞에 있는 도윤우처럼 순수하게 수희를 좋아할 수는 없을 것 같았다.

“어휴, 모르겠다. 너희가 대단한 건지, 내가 모자란 건지. 하여튼 팬이 대단하다는 건 오늘 잘 알았다.”

“그럼 팬은 아무나 하는 줄 알았니? 친구는 모르는 복잡하고 깊은 세계가 있단다.”

도윤우는 마치 동생 머리를 쓰다듬듯 내 머리를 살짝 쓰다듬으며 오빠처럼 말했다. 한참 그렇게 둘이 티격태격하고 있는데 입구 쪽에서 차가 한 대 들어왔다. 검은색 몸체에 유리창이 어두운 게 수희네 차였다.

“수희다!”

나는 수희가 차에서 내리면 다가가려고 들어오는 차 쪽으로 빠르게 걸어갔다.

“어디, 어디?”

도윤우도 사이다를 마시다 말고 나를 따라서 달려왔다. 급하게 움직였는지 코밑에 사이다가 방울방울 맺혀 있었다. 아까는 그렇게 야무지고 어른 같더니 날 따라오는 모습은 꼭 아빠 따라오는 아이같이 보여 조금 귀엽기도 했다. 곳곳에 숨어 있던 수희 팬들도 그런 우리를 보고 살금살금 따라오기 시작했다. 하지만 수희 팬들은 근처에서 손을 흔들기만 할 뿐 떼를 지어 수희가 탄 차로 몰려가진 않았다. 차가 속도를 늦추더니 천천히 멈췄다. 문이 열리고 수희가 내렸다. 그새 옷을 갈아입었는지 파란 티와 흰 바지 차림이었다. 그때였다. 갑자기 도윤우가 수희를 향해 뛰어나갔다. 너무 갑작스러워서 말릴 틈도 없었다. 도윤우는 수희 앞으로 달려가 가방에서 아까 내게 보여 주었던 색지를 꺼냈다. 수희는 그걸 보더니 갑자기 얼굴을 있는 대로 찌그러뜨렸다. 학교에서는 한 번도 본 적이 없는 표정이었다. 근처에 있던 수위 아저씨가 부랴부랴 도윤우의 팔을 잡아당겼다.

"학생, 이러면 어떡해! 수희 얼른 들어가게 비켜 줘야지."

도윤우는 힘없는 강아지처럼 아저씨 손에 질질 끌려 나오며 나를 쳐다봤다. 나는 어서 이리 오라고 바쁘게 손짓을 했다. 그런데 그런 나를 보더니 윤우는 수위 아저씨 손을 힘껏 뿌리치고는 도로 수희에게 달려갔다. 그러고는 색지를 다시 펴 보이며 활짝 웃었다. 하지만 수희의 얼굴은 아까보다 더 험하게 일그러졌다. 수희는 윤우를 어깨로 팍 밀쳐 버리고 뒤도 돌아보지 않고 걸어갔다. 윤우는 키가 큰 수희의 어깨에 밀려 뒤로 넘어졌다. 손에 들고 있던 사이다가 윤우에게 쏟아졌다. 병에서 흘러나온 사이다 때문에 윤우의 바지가 다 젖고 색지도 아스팔트 바닥에 착 달라붙었다.

"내가 저럴 줄 알았어. 수희가 저러는 거 얼마나 싫어하는데."

"그러니까, 쟨 초보도 아닌 애가 왜 안 하던 짓은 해서 망신을 당하냐."

뒤에 있는 여자애 둘이 속닥거리는 소리가 들렸다. 윤우는 창피해서 어쩔 줄 모르겠는지 자리에서 일어날 생각도 안 하고 고개만 숙이고 있었다. 다른 애들은 그런 윤우를 구경만 할 뿐 아무도 도와주지 않았다. 나는 생각할 새도 없이 윤우 쪽으로 달려갔다. 그러고는 수희를 향해 있는 힘껏 소리쳤다.

"수희야!"

방송국 안으로 들어가려던 수희가 뒤를 돌아봤다. 나는 수희를 향해 손을 흔들어 댔다.

"수희야, 나야 나! 너 놀래 주려고 일부러 말 안 하고 왔어!"

그런데 웬일일까? 수희가 나를 보더니 무표정한 얼굴로 다시 돌아서서 방송국 안으로 들어가 버렸다. 나는 수희에게 달려가며 아까보다 더 크게 소리쳤다.

"나야! 현지! 나라니까."

분명히 들렸을 텐데 수희는 한 번도 뒤돌아보지 않았다. 수위 아저씨가 나를 윤우 있는 곳까지 떠밀었다. 나는 그 자리에 꽁꽁 얼어붙어 버렸다. 주변에서 킥킥거리는 소리가 들렸다. 일부러 들으라는 듯 큰 소리로 빈정거리기도 했다.

"완전 웃긴다. 지가 수희를 언제 봤다고 친한 척이야."

"그러게, 모르는 사람이 봤으면 수희가 친구도 모른 척하는 엄청 나쁜 앤지 알겠다."

수희가 들어간 문을 쳐다보며 멍하니 서 있는 나를 윤우가 가만히 쳐다보았다. 나는 그런 윤우를 향해 손을 내밀었다.

"어디 안 다쳤어? 아까 보니까 세게 넘어지더라."

윤우는 말없이 내 손을 잡고 일어섰다. 아까보다 더 크게 우리를 비웃는 소리가 들렸다.

"야, 쟤네 쌍으로 웃긴다. 둘이 친한가 봐."

"그러게, 끼리끼리 뭉쳐서 서로 외롭진 않겠다."

윤우를 부축하며 나는 비웃는 애들을 향해 소리쳤다.

"우리는 이렇게 할 용기라도 있지. 너희는 그것도 없어서 구석에서 구경이나 한 주제에."

순간 아이들이 찔리는지 모두 입을 닫았다.

"지금 쟤네가 네 말이 맞아서 조용히 한다고 착각하진 마라. 우리 둘이 정상이 아닌 거 같으니까 안 건드리는 거야. 한마디로 똥이 더러워서 피하는 거지."

윤우가 나한테 기대어 걸으며 속삭였다.

나는 그렇게 말하는 윤우가 하도 어이가 없어 웃음이 나왔다. 아무리 봐도 외계에서 온 게 분명한 애였다.

"그런 말 할 힘 있으면 창피하니까 더 빨리 걷기나 해."

우리 둘은 빠른 걸음으로 방송국 옆 공원으로 갔다.

"끈적거려서 안 되겠다. 화장실 가서 씻어야 할 것 같아."

윤우를 화장실에 데려다주고 나는 벤치에 앉아 자전거 타는 사람들을 바라봤다. 하지만 머릿속은 온통 수희 생각뿐이었다. 수희가 그러는 건 한 번도 본 적 없다. 그렇게 차가운 표정이라니. 나를 보던 그 표정이 눈앞에서 사라지질 않았다. 마치 투명 인간을 보는 듯했던 얼굴을 어떻게 잊을 수 있을까.

"뭘 그렇게 멍때리고 있냐?"

윤우가 절뚝거리며 다가왔다.

"많이 다쳤어?"

나는 걱정스러운 얼굴로 물었다.

"아니, 조금 삐었나 봐. 그냥 아픈 척하는 거야. 그건 그렇고 너, 수희 친구 아니지? 친구면 널 모른 척할 리가 없잖아."

화가 나야 맞는데 삐딱하게 말하는 윤우의 모습이 이상하게 얄밉지 않았다.

"아까는 내가 당황해서 생각을 못 했는데, 자, 봐라. 내가 얼마나 수희랑 친한지 보여 주마."

나는 핸드폰을 꺼내 수희와 함께 찍은 사진들을 보여 줬다. 그런데 좋아할 줄 알았던 윤우의 얼굴이 점점 어두워졌다. 충격을 받은 것처럼 보였다.

"야, 왜 그래? 내 말이 맞으니까 지금 할 말 찾느라 궁리하는 거야?"

"아니야, 그냥 이렇게 친한데 아까 모른 척한 게 웃겨서 그래. 원래 수희가 나 같은 극성팬 싫어하는 거야 유명한 거지만 넌 다르잖아."

나는 얼른 핸드폰을 주머니에 넣어 버렸다. 윤우의 말

이 틀리지 않았기 때문이다.

"오늘 그럴 일이 있었어. 수희가 평소에는 나한테 얼마나 잘하는데. 아까도 나 햄버거까지 사 줬는걸."

나는 입에서 나오는 대로 마구 변명을 해 댔다. 그래도 윤우의 얼굴은 밝아지지 않았다.

"야! 그건 그렇고, 너야말로 수희에 대해 그렇게 잘 알면서 아까 왜 그런 거니?"

나는 분위기도 바꿀 겸 갑작스럽게 차로 뛰어간 이유를 물었다.

"너 때문에 잠시 착각했나 봐. 내가 수희랑 친구라도 된 것처럼 말이야. 원래 내가 그런 실수는 절대 안 하는 사람인데, 허허. 내 도가 아직 부족하구나."

윤우는 목소리를 깔며 장난스럽게 말했지만 쓸쓸한 표정까지 지우지는 못했다. 그걸 보고 있으니 조금 미안한 생각이 들었다.

"어쨌든 네 폰번이나 알려 줘. 나중에 오늘 일은 꼭 갚아 줄게."

윤우가 발목을 문지르며 일어섰다.

"됐어. 내가 할 일 없이 수희 극성팬하고 친구 할 일 있어!"

입술을 삐죽 내밀며 고개를 흔드는데 윤우가 내 핸드폰을 가로채 번호를 눌렀다. 곧이어 윤우의 핸드폰에서 벨이 울려 댔다.

"뭘 그렇게 튕기냐? 너한테 수희 소개해 달란 소리 안 할 테니 걱정 마."

"아휴, 나도 몰라. 집에나 갈래. 너 어디서 버스 타?"

나는 일어서서 엉덩이를 털었다.

"왜, 데려다주게?"

윤우가 눈을 동그랗게 뜨며 나를 쳐다봤다.

"내가 왜? 그냥 여기서 헤어지려고 그러는 거야."

나는 모른 척 고개를 돌리며 투덜거렸다.

"쳇, 알았으니까 얼른 먼저 가 버려."

윤우가 삐진 듯 다리를 절뚝이며 공원 밖으로 걸어갔다.

"야, 같이 가. 가방이나 나한테 줘."

나는 달려가 윤우에게서 가방을 건네받았다. 윤우가 나를 보며 씩 웃었다.

"그럴 줄 알았어. 아까도 나 때문에 달려와서 수희 부른 거지?"

"아, 몰라, 몰라."

나는 왠지 모르게 부끄러워져 얼굴이 달아올랐다. 정류

장까지 윤우를 부축해 주고 버스 타는 것까지 본 다음 나도 버스에 올라탔다.

자리에 앉아 오늘 일을 곰곰이 생각해 보았다. 선뜻 이해는 가지 않지만 요즘 수희가 힘든 걸 생각하면 오늘 내 행동이 수희를 피곤하게 했을 수도 있다. 일과 팬에 시달리는 수희의 마음을 내가 아무리 이해한다고 해도 다 알 수는 없을 것이다. 미안한 마음이 들어 카톡을 보냈다.

─수희야, 오늘 나 때문에 곤란했지? 미안해. 내가 너무 내 생각만 했나 봐. 나는 그냥 너 놀라게 해 주고 싶어서 말 안 하고 간 건데 다음부터는 안 그럴게. 화 풀어.

아까 수희 얼굴을 봐서는 금방 답이 올 것 같지 않았는데 핸드폰이 금방 '띠링' 했다.

─오늘 놀이터 8시

짧은 글이었다. 아무래도 수희가 너무 바빠서 이렇게 보낸 것 같았다. 그럼 그렇지. 수희가 누구 친군데. 아까는 너무 피곤해서 그런 걸 거야. 수희를 만날 생각을 하니 벌써부터 신이 났다.

의문

멀리 수희가 사는 아파트 단지가 보였다. 하지만 나는 그곳으로 들어갈 수 없다. 그 아파트에 살지 않는 사람은 단지 내에 들어가지 못하도록 입구에서부터 막았다. 그래서 수희가 여기로 이사 온 다음부터 우리는 아파트 근처 놀이터에서 만나곤 했다.

놀이터에 도착한 나는 그네 옆 벤치에 앉았다. 어디선가 바람이 불어와 그네를 밀었다. 빈 그네가 가로등 불빛 아래서 힘없이 흔들렸다. 약속 시간이 지났지만 수희는 오지 않았다. 그렇게 한참이 흐른 후 누군가 내 앞으로 다가왔다. 생각지도 못한 사람이었다. 그 사람은 나를 보자마자 못마땅한 듯 입술을 삐죽하고 올렸다. 그 표정에서, 무슨 말이 나올지 예상하는 일은 어렵지 않았다.

"안녕하세요."

해가 다 져서 깜깜한데도 불구하고, 선글라스를 낀 아줌마는 인사도 받지 않은 채 팔짱을 끼고는 나를 아래위로 훑어봤다.

"넌 누가 여기 이러고 있으랬니?"

나는 고개를 숙인 채 엉거주춤 두 손을 모았다.

"아, 저 수희 좀 만나려고요. 오래 볼 건 아니고요. 잠깐만 보고 갈 거예요."

아줌마는 손가락으로 내 이마를 콕콕 밀었다.

"왜 자꾸 수희를 불러내는 거야? 붙잡고 무슨 얘기를 하고 싶어서 그러는 거니?"

순간 수희가 아줌마에게 혼날까 봐 걱정이 됐다.

"정말 아주 잠깐만 보기로 한 거예요."

"여기가 너희 동네니? 네 맘대로 여기 와서 죽치고 앉아 있어도 된다고 누가 그래?"

아줌마는 고약한 냄새라도 맡은 듯 인상을 찌푸리며 목소리를 높였다. 나는 아무런 대꾸도 할 수 없었다.

"수희가 안 나오면 너 만나기 싫어서 그런 거라는 게 감으로 안 와? 내가 이렇게 나와서 확인을 해 줘야 수희 속을 아는 거니? 왜 이렇게 미련해."

수희가 만나자고 한 건데 왜 내가 보기 싫어서 안 나오겠어. 뻔하다. 아줌마는 내가 수희를 만나는 게 싫으니 수희 대신 자기가 나온 걸 거다. 아니다. 어쩌면 아까 그 일 때문에 나한테 화가 나서 아줌마보고 대신 나가라고 한 건지도 모르겠다. 그런 생각이 들자 갑자기 입안이 바싹바싹 마르며 속이 뜨거워지기 시작했다. 나는 고개를 들어 아줌마를 향해 조심스럽게 입을 열었다.

"지금 수희가 조금 오해를 해서 그래요. 제가 다 풀어주면 괜찮을 거예요. 수희 잠깐만 만나고 가면 안 돼요?"

아줌마는 골치가 아픈 듯 엄지손가락으로 이마를 꾹꾹 눌러 댔다.

"오해는 무슨 오해. 너야 그렇게 믿고 싶겠지. 이제야 수희가 주변도 돌아보고 눈을 제대로 뜨는 거야. 그 동네 떠나오면서 아주 그냥 모든 걸 먼지 털듯이 다 털고 왔어야 했는데. 너도 생각해 보렴. 뭐 하나라도 비슷한 게 있어야 친구 사이도 유지가 되고 그러는 건데, 그런 게 하나라도 있니? 현지 네가 들으면 서운할지도 모르겠지만 어차피 너희가 계속 친하게 지내긴 힘들었을 거야. 지금 우리 수희 지 친구랑 같이 과외 받고 있으니까 이제 가 봐. 네가

49

이러고 있는 거 알면 우리 수희 마음이 심란해서 공부도 제대로 못 한다."

나는 눈을 동그랗게 뜨고는 아줌마를 쳐다봤다. 다른 말은 하나도 아프지 않은데 친구랑 과외 한다는 말은 마음에 박혀 들었다.

"네? 수희가 친구랑 과외를 한다고요? 친구 누구요?"

아줌마는 고개를 빳빳이 든 나를 보더니 얼굴이 붉으락푸르락해졌다.

"네가 알아서 어떻게 하려고? 친구 누군지 알려 주면 네가 한 달에 백만 원도 넘는 과외를 같이 할 수나 있어?"

아줌마는 답답하다는 듯 한숨을 쉬었다.

"아니, 그게 아니라요. 그냥 저는 잠깐 수희랑 얘기만 하면 돼요."

눈이 시큰해지면서 눈물이 고였다. 나는 얼른 고개를 숙이고 소매로 눈가를 닦았다. 뭐라고 말을 해야 할지 생각이 나지 않았다. 오늘 학교에서부터 지금까지 생각지도 못했던 일들이 연속되었다. 수희가 다른 애랑 과외를 받는다는 것도 지금 처음 듣는 얘기였다. 전 같으면 나한테 제일 먼저 얘기했을 텐데…….

"그러니까 수희는 너랑 할 얘기가 없다니까 그러네. 지금 이 놀이터를 나간 후부터는 수희한테 전화도 하지 말고, 수희 귀찮게도 하지 말고, 알겠니?"

아줌마가 생살을 꼬집듯 하는 말이 너무 아팠다. 하지만 딱히 대꾸할 말도 없었다. 엄마 아빠가 떡볶이를 지금보다 배로 팔아도 백만 원이나 되는 과외비를 낼 수 없다. 우두커니 고개를 숙이고 있다 보니 어느새 주변이 조용해진 것을 느낄 수 있었다. 아줌마는 벌써 한참이나 멀어져, 높고 화려한 성 같은 아파트 입구로 들어가고 있었다. 나 같은 평민은 절대 들어갈 수 없게, 보이지 않는 담이 쌓여 있었다. 배 속이 찌릿찌릿했다. 나는 결국 수희를 만나지 못하고 가게로 발걸음을 옮겨야 했다.

가게는 언제나처럼 손님들로 시끌시끌했다. 물엿이 쭉쭉 늘어지는 고구마 맛탕에 김이 모락모락 올라오는 매콤달콤한 떡볶이, 통통하게 밀가루 옷을 껴입은 튀김까지 없는 거 빼고는 다 있었다. 학원을 마친 애들이 불판 앞에 줄줄이 늘어서 있었다. 엄마는 손이 세 개라도 모자란 사람처럼 접시랑 비닐을 채우기에 바빴다. 우리 학교 CCTV를 관리하는 방범업체 아저씨도 보였다. 학교에 점검 올 때마다 들르는 걸 보면 우리 집 떡볶이가 맛있긴 한가 보다. 우리 엄마라서 하는 말이 아니라 엄마가 만드는 음식은 정말 맛있다. 아빠가 보증을 잘못 서 집이 망했을 때도 우리 집은 엄마의 음식 솜씨 덕분에 살아날 수 있었다. 엄마의 떡볶이가 가족을 구원한 거다. 엄마를 보자마자 마음이 울컥했다. 수희네 집 앞에서 있었던 일을 얘기하고도 싶었지만 힘들게 일하는 엄마한테 입이 떨어지지 않았다. 말해 봤자 나보다 더 속상해할 테니 말이다. 어두운 얼굴을 들키지 않으려고 한껏 밝게 웃었다.

"밥 줘."

나는 테이블에 가방을 내려놓으면서 말했다.

"조금만 기다려. 지금 학원 끝나는 시간이라 바쁘니까, 한 삼십 분만 가게 안에서 숙제하고 있어. 한가해지면 네가 엄마보다 더 좋아하는 한우 소금구이 해 줄 테니까."

"한우? 진짜? 설마 미국산 아니야?"

나는 눈이 동그래져서 엄마 옆으로 다가갔다.

"엄마를 뭐로 보고 그런 소리를 해!"

"뭐로 보긴! 나 5학년 때 버섯을 고기라고 속여서 먹인 거 기억 안 나? 그뿐인가! 사촌 언니가 작다고 물려준 옷도 새로 산 옷이라고 속여서 나 입혔잖아. 그거 가랑이에 구멍 안 나 있었으면 엄마 말이 진짜인 줄 알았을걸!"

나는 입술을 쑥 내밀며 그릇에 비닐을 씌워 엄마에게 건넸다.

"그게 언제 적 일인데 아직도 안 까먹었어? 그런 거 기억할 시간에 공부를 했으면 벌써 나랏돈으로 유학까지 갔겠다."

엄마는 앞치마에 손을 닦더니 내 머리에 꿀밤을 한 대 먹였다.

"한 번이면 나도 안 그래. 엄마가 그런 게 뭐 한두 번인가? 그럴 때마다 일기장에 적어 놨으면 벌써 책이 한 권이야!"

나는 머리를 쓱쓱 문지르며 의자에 가 앉았다.

"이번엔 진짜야! 아주 싱싱한 한우라고. 네가 요즘 너무 기운이 없어 보여서 엄마 딴에는 큰맘 먹은 거니까 열심히 먹고 기운이나 내."

엄마는 손님들이 뜸해질 때까지 잠깐도 자리에 앉지 못하고 계속 서서 일을 했다. 가득 끓고 있던 떡볶이가 바닥을 보일 무렵 엄마는 버너에 불판을 올리고 고기를 굽기 시작했다. 소금을 솔솔 뿌린 뻘건 고기가 불판 위에서 지글지글 익자마자 얼른 꺼내어 내 접시 위에 올려놓았다.

"이거 한번 먹어 봐. 입에 넣자마자 혀에서 녹을걸."

엄마가 집어 준 고기는 정말로 혀에 닿자마자 녹았다. 가끔 엄마의 얘기가 이렇게 사실일 때도 있었다. 하지만 여기까지가 딱 좋았다. 엄마는 그만 말을 멈췄어야 했다.

"에휴, 수희는 이런 거 지겨워서 못 먹을 텐데. 그때 너도 수희랑 같이 영화에 나왔으면 엄마도 이 고생 끝인 건데 말이다."

평소 같으면 나 역시 엄마 말꼬리를 잡고 수희 칭찬과 수희를 친구로 둔 것에 대한 자부심을 이야기했을 텐데, 오늘 아줌마에게 들은 이야기 때문인지 갑자기 나 자신이 부끄럽고 발끈 화가 났다.

"나 생긴 걸 봐! 어딜 봐서 연예인 하게 생겼어! 아무리 내가 엄마 딸이래도 좀 냉정하게 생각해. 엄마가 방송국 사람이면 나 같은 얼굴 쓰고 싶어?"

엄마는 한심하다는 듯 혀를 차며 불판 위에 새 고기를 올려놓았다.

"넌 어떻게 나보다 더 뭘 모르니? 송강호가 잘생겨서 배우 하니? 아니, 요즘 연기파 배우들 중에 잘생긴 사람이 몇 명이나 된다고 그래? 너 정도면 손예진은 못 되도 문소리는 된단 말이야."

엄마가 이러는 게 벌써 한두 번이 아니다. 수희가 연예인이 되고부터는 심심할 때마다 나오는 말버릇이다.

"엄마, 그 사람들도 실제로 보면 엄청 예뻐. 수희 촬영할 때 따라가서 보니까 얼굴도 다 주먹만 해. 어른인데도 나보다 얼굴이 작다니까."

그래도 엄마는 내 말을 들은 척도 안 하고 자기 하고 싶은 말만 계속했다.

"얼굴 좀 크면 어때. 화면에 크게 나오고 얼마나 좋아. 하여튼 그때 너도 같이 연예인이 됐어야 해. 어쩜 수희 걔는 네가 자기보다 연기 잘하는 걸 뻔히 알면서 어떻게 그렇게 아는 감독이나 피디한테 소개도 안 하는지. 은혜도 모르는 애라니까. 하긴 걔 엄마를 보면 답 나오지, 뭐. 콩에서 팥이 나겠어! 다 배운 대로 하는 거지."

나는 고기를 집던 젓가락을 내려놓으며 엄마를 째려봤다. 아줌마만 욕하는 거면 그냥 넘어갔을 테지만 수희를 욕하는 건 참을 수 없었다. 수희는 나한테 가족이나 같으니까.

"수희가 아무리 인기가 많아도 아직 어린데 그런 얘기를 어떻게 해! 그리고 내가 무슨 연기를 잘해? 그냥 개그맨들 흉내나 내는 거지. 그리고 수희네 흉 좀 보지 마. 진짜 듣기 싫단 말이야! 그래도 나랑 제일 친한 친군데 잘되는 게 좋은 거 아냐?"

엄마도 짜증이 나는지 가스 불을 줄이고는 고기를 불판 가장자리로 밀어냈다.

"네 말대로 수희는 어리다고 해. 걔 엄마는 입이 없어? 왜 말을 안 해 주는데! 몇 달 전에도 지나가는 길이라며 우리 가게에 잠깐 들렀더라. 아주 그냥 번쩍번쩍한 블라우스를 입고, 몇백만 원짜리 가방을 들고 와서는 얼마나 잘난 체를 하던지 눈꼴시어서 혼났어."

엄마는 속이 타는지 정수기에서 냉수를 한 컵 뽑아 한 번에 마셨다.

"수희 매니저 하느라 바쁘다고 지 자랑만 엿가락처럼 늘려서 하더니 가게 의자가 더러운지 앉지도 않고 가 버리더라. 그러려면 뭐하러 들렀는지 몰라. 내가 재수가 없어서 소금을 한 바가지 뿌렸다."

엄마에게 짜증은 냈지만 틈만 나면 수희네 얘기를 하며 열변을 토하는 엄마가 조금 안됐다는 생각도 들었다.

"엄마, 수희네가 그렇게 부러워? 나 대신 수희가 딸이었으면 좋겠어?"

"무슨 뚱딴지같은 소리야? 내가 왜 수희네를 부러워해!"

엄마는 젓가락을 집으려다가 헛손질까지 하며 황당한 표정을 지었다.

"엄마가 매일 수희 얘기를 하는 거 보면 부러워서 그러는 거 같아. 수희가 엄마 딸이었으면 이렇게 매일 분식집에 앉아서 하루 종일 기름 냄새 안 맡아도 되고 수희 엄마처럼 좋은 집에서 좋은 옷만 입고 살 거 아니야."

나는 고개를 숙이고는 괜히 애먼 냅킨만 꼬깃꼬깃 접어 댔다.

"어머, 애 좀 봐! 자식새끼가 쎄 빠지게 벌어다 준 돈으로 내가 호강하면서 살 거 같아? 네가 아무리 수희보다 잘난 연예인이 돼도 그럴 일은 없으니까 걱정 붙들어 매셔. 어른 눈치 봐 가면서 잠도 못 자고 벌어다 준 자식 돈을 마음이 쓰려서 어떻게 쓰냐? 그러니까 수희 엄마가 못됐다는 거야. 에미가 돼서는 자식 돈을 그렇게 펑펑 쓰면서 목에 빳빳하게 힘이나 주고 다니니 남편이 이혼하자고 난리를 치지!"

엄마는 생각만 해도 어이가 없는지 허허 웃더니 내 머리를 쓱쓱 문질렀다.

"무슨 소리야? 이혼이라니?"

나는 깜짝 놀라 고개를 번쩍 들었다.

"나도 잘 몰라. 왜 우리 동네에 수희 엄마 고등학교 동창 살잖아. 그 여자가 얼마 전에 가게에 들러서 그러더라고. 사람이 다 그런 건지. 그래도 학교 다닐 때는 둘이 제일 친했다던데, 얼마나 고소해하던지 듣는 내가 민망하더라. 생판 남보다 못하다니까."

엄마는 다시 불을 키우고는 고기를 굽기 시작했다.

"아마 아닐 거야. 그런 일이 있었으면 수희가 나한테 말했을 텐데. 수희는 한 번도 얘기한 적 없단 말이야."

"네가 아직 어려서 뭘 모르는구나. 원래 친한 사이일수록 그런 말은 숨기게 되는 거야. 수희 걔야 연예계에서 몇 년을 굴러먹었는데 껍데기만 애지 속까지 애겠니!"

그제야 나는 지금껏 있었던 일을 대충이나마 짐작할 수 있었다. 이혼이라니! 예전에 나와 함께 다닐 때만 해도 수희네 가족은 우리 가족만큼이나 무척 사이가 좋았다. 성실했던 수희네 아빠는 언제나 나를 보면 수희와 친하게 지내라며 크게 웃었다. 수희가 받는 스트레스를 생각하니 오늘 방송국에서 나를 못 본 척한 것도 충분히 이해가 갔다. 가뜩이나 힘든데 내가 거기서 또 사고를 치니 얼마나 짜증이 났을까. 아, 나는 정말 바보인가 보다. 앞으로는 수희 일에 난리를 치지 않아야겠다고 다짐했다. 물론 눈치껏 말이다.

두 번째 충격

밤새 무슨 일이 일어난 걸까? 교실에 들어서자마자 여기저기 뭉쳐서 웅성거리는 아이들이 눈에 들어왔다. 모두들 신기한 거라도 발견한 듯이 호기심에 가득 찬 표정이었다. 오늘 촬영이 있는 날인지 수희 자리는 비어 있었다. 반 아이들은 나를 보자마자 자리에 앉기도 전에 달려들어 질문을 쏟아부었다.

"야, 수희랑 오늘 전화했어?"

"수희랑 너랑 제일 친하잖아."

"수희 지금 뭐 하고 있어?"

문득 어제의 일이 생각났다. 하지만 애들에게 수희와 사이가 삐걱댄다는 것을 말하고 싶지는 않았다. 나는 가방을 내려놓으며 대수롭지 않게 대답했다.

"이 아침부터 너 같으면 전화하겠어? 꿈에서 수희랑 같이 단체로 촬영이라도 하다 깼냐? 왜 이렇게 다들 수희를 찾아?"

진이가 답답하다는 듯이 내 어깨를 치며 목소리를 높였다.

"야! 난리 났어. 지금 학교에 경찰 오고 장난 아니야."

나는 그제야 교실이 심각해진 이유가 수희 때문이라는 걸 직감했다.

"설마 어제 그 사진 때문이야?"

진이는 고개를 절레절레 흔들며 눈썹을 찡그렸다.

"어제 사진이 문제가 아니야. 교장실에 걸려 있는 커다란 사진 있잖아. 교장이 엄청 자랑스럽게 걸어 놓고 좋아하는 거. 왜 수희랑 문체부 장관이랑 교장이랑 같이 찍은 거 말이야. 누가 액자 유리를 다 깨뜨리고 수희 얼굴에서 눈만 도려냈어. 막 칼로 그어 놓고, 빨간색 사인펜으로 낙서까지 해 놓았대. 우리 담임은 그거 보고 너무 놀라서 울었다더라."

나는 반사적으로 의자를 밀쳐 내고 벌떡 일어나 진이를 쳐다보았다.

"그 말 진짜야? 지금 경찰까지 왔다고?"

모두들 동시에 고개를 끄덕거렸다. 나는 아이들을 헤치고 교장실로 달려 내려갔다. 교장실은 문이 열린 채 사람들로 가득 차 있었다. 나는 문 뒤에 숨어서 상황을 살펴보았다.

"아직 어린 애가 뭘 얼마나 잘못했다고 이런 짓을 했을까요?"

"누가 들으면 오해하겠어요. 우리 수희가 무슨 잘못을 해요? 걔처럼 착한 애가 요즘 어딨다고."

학생주임 선생님의 말에 우리 담임이 화를 냈다. 학주는 머리를 긁적이며 미안한 표정을 지었다.

"아니, 수희 착한 거야 저도 잘 알죠. 걔가 학교에 기부한 것만 해도 엄청나잖아요. 방송에서 홍보해 준 덕분으로 학교 이미지도 좋아져서 교장 선생님이 얼마나 좋아하셨어요. 저 같은 일개 교사보다야 수희가 더 낫죠."

"수희야 보증 수표죠. 그런 학생만 있으면 우리 선생들이 할 일이 없어요. 누가 이런 해괴망측한 짓을 했는지 꼭 잡아야 해요. 아마 정상은 아닐 겁니다."

9반 담임도 끼어들어 한마디 거들었다.

"하여간 수희 오기 전에 얼른 정리합시다. 오늘 촬영 때문에 조금 늦게 온다니까 그 전에 마무리하도록 해요."

교감 선생님이 선생님들을 재촉했다.

"아까 경찰이 수희랑 얘기를 해 봐야 한다던데요."

학주의 얘기에 교감 선생님은 턱을 문지르며 입술을 내밀었다.

"그럼 경찰한테 될 수 있으면 자극적으로 물어보지 말고 꼭 필요한 것만 물어보라고 부탁하고, 담임 선생님이 곁에 있어 주세요."

"네, 알겠습니다."

담임이 대답하자 교감 선생님은 선생님들에게 신신당부를 했다.

"무엇보다 제일 중요한 건 혹시라도 이 일이 새어 나가지 않도록 아이들 입단속 철저히 시키셔야 한다는 겁니다. 잘못하면 학교 이미지 다 망가져 버립니다. 이 일이 커져서 방송에 나가고 행여나 수희 학생이 전학 가면 우리만 손해예요. 다들 아시다시피 이 지역이 뻔하지 않습니까. 우리 학교 배정받으면 엄마들이 운다는 소문도 있었어요. 여기 들어오지 않으려고 일부러 이사 가는 엄마들도 있다고 하더군요. 그래도 수희 덕분으로 방송에도 많이 나가고 얼마나 이미지가 좋아졌습니까. 어차피 2년 있으면 수희도 졸업인데 그 전에 우리 학교 인지도를 높일 수 있을 만큼 높여야 합니다. 그러니 만에 하나 기자가 학교로 전화해서 뭘 캐내려 해도 절대 넘어가면 안 됩니다. 다들 아시겠죠?"

"걱정 마세요. 저희가 조심할게요."

"아무튼 다시 한 번 말하는데 절대 어디 가서 입방정 떨지 마세요. 무조건 모른다고 하시고요."

교감 선생님은 몇 번을 반복해 주의를 주고는 교무실로 들어갔다. 선생님들도 모두 교무실로 따라 들어가고 담임만 남아서 교장실로 들어갔다. 나는 살금살금 나와 교장실 안을 들여다보았다. 벽에 걸어 놓은 사진은 벌써 치웠는지 보이지 않았고 수희가 선물한 난 화분이 바닥에 깨져서 유리와 뒤범벅돼 있었다. 담임은 경찰과 심각하게 얘기를 나누고 있었다.

"그러니까, 평소 진수희를 싫어하던 학생이나 어른이 없었단 말입니까?"

경찰이 수첩을 펴고는 열심히 펜으로 뭔가를 적었다.

"몇 번을 물어보세요? 그렇다니까요. 우리 학교에서 수희 싫어하는 사람은 없다니까요. 운동장에 놀러 온 동네 똥개도 수희를 좋아할걸요."

경찰이 황당하다는 듯 담임을 쳐다보았다.

"아직 어린 앤데 연예인 생활을 하다 보면 겉멋도 들고 잘난 척도 하고 그럴 거 아닙니까? 그럴 때마다 질투하고 욕하는 애 없었어요?"

"나오는 대로 말하지 마세요. 수희랑 하루만 있어 보면 걔가 얼마나 속 깊은 앤지 아실 거예요. 저도 학교 선생을 몇 년을 한 사람인데 애들 보는 눈이 그렇게 없겠어요? 절대 그런 미움을 받을 만한 애가 아니에요."

경찰은 수첩을 덮고는 모자를 벗더니 답답한 듯이 머리칼을 뒤로 쓸어 넘겼다.

"저도 경찰 생활 십 년 넘게 해 봐서 아는데요, 진짜 모르는 게 사람 속입니다. 이런 일일수록 가까운 사람을 의심해 봐야 해요. 그러니 무조건 아니라고만 하지 말고 잘 생각해 보시고 나중에라도 얘기해 주세요."

담임은 화가 나는지 얼굴이 벌게져서 하나로 묶은 머리를 자꾸 만지작거렸다.

"열 번 생각해도 같겠지만 일단 생각은 해 볼게요. 그리고 이따가 수희랑 얘기하실 때 절대 자극적으로 물으면 안 돼요. 요즘 가뜩이나 바쁘고 힘든데 이런 일로 부담까지 주면 안 되니까요. 꼭 부탁드려요."

"연예인이 대단하긴 대단한가 봅니다. 애가 아니라 상전이네요. 하여튼 알았으니까 이따가 애 학교 나오면 다시 전화 주세요. 저는 일단 경찰서에 가 있겠습니다."

경찰은 점퍼 주머니에 수첩을 넣고는 바닥의 유리를 몇 번 발로 뒤척이더니 교장실 밖으로 나왔다.

나도 잽싸게 복도 끝으로 걸어갔다. 담임이 경찰을 쫓아 나왔다.

"혹시라도 누가 전화해서 이 사건에 대해 물어보면 절대 대답하지 마세요. 이런 일 없다고 해 주세요. 아이들 공부하는 학교에 기자들 몰려오고 시끄러워지면 수업이 힘들어지니까요."

경찰은 귀찮다는 듯이 주머니에 손을 넣고 나가며 한마디 던졌다.

"네, 네, 어련하시겠어요. 알아서 할 테니 걱정 붙들어 매십시오."

나는 담임한테 걸리기 전에 얼른 계단을 뛰어올랐다.

"백현지, 너 거기서 뭐 해! 교실에서 자습할 시간에 왜 여기 있어?"

담임이 손가락으로 까닥까닥 나를 불렀다. 나는 계단을 다시 내려가 고개를 숙인 채 입을 열었다.

"학교에 오니까 애들이 난리가 났다 그러기에 걱정이
돼서 내려와 봤어요. 죄송해요. 얼른 교실로 들어갈게요."

담임은 내가 안쓰러운지 머리를 쓰다듬어 주었다.

"그래, 네가 수희랑 제일 친한데 어렵하겠니? 그래도
이렇게 맘대로 행동하면 안 된다. 얼른 가서 자습하고 있
어. 수희한테 쓸데없는 소리 하지 말고."

"선생님, 범인 누군지 잡을 수 있겠죠? 혹시라도 뭐 흔
적이라도 안 남겼을까요?"

담임은 코를 찡긋하더니 내 볼을 잡아당겼다.

"왜? 탐정 노릇이 하고 싶어? 학생은 공부만 열심히 하
면 되니까 탐정 노릇은 선생님한테 맡겨라. 응?"

"아, 알겠어요. 선생님 아프니까 볼 좀."

나는 꼬집힌 볼을 문지르며 교실로 들어갔다. 교실 안
은 긴장감이 가득 차 시끌시끌했다. 반에서 말 없기로 소
문난 양지윤도 아이들 사이에 끼어 한마디 할 정도였다.
모두들 심각한 말투로 자신만의 추리를 펼쳐 댔다. 하지
만 말투만 그랬지, 아이들의 눈은 반짝반짝 빛나는 게 마
치 재미있는 드라마를 보는 것 같았다. 어떻게 보면 기대
에 차서 설레 보이기까지 했다. 나는 왠지 모르게 기분이
나빠져 아무 말도 안 하고 자리에 앉았다.

"누굴까? 누가 수희 얼굴을 난도질했지?"

"내 생각에는 수희 안티일 거 같아. 저번에 드라마에서 같이 나왔던 윤희연 팬들이 수희 때문에 윤희연 분량이 줄어들었다고 드라마 게시판에 항의하고 난리도 아니었잖아."

"맞아, 그때 막 학교로도 찾아와서 수희 찾는다고 소리 지른 적도 있었어."

뒷자리 애들도 큰 소리로 얘기를 나눴다.

"아니야, 어쩌면 수희 열혈팬일지도 몰라. 사생팬 말이야. 저번에 영화에서 봤는데 사생팬들은 몰래 쫓아다니면서 혼자 좋아하다가 자기가 스타를 다 차지할 수 없으면 나쁜 짓도 하고 그러더라고."

"맞아, 수희가 누구한테 미움받을 애는 아니잖아. 아마 스토커일 거야."

박진희의 말에 여자애들이 박수까지 쳐 가며 맞장구를 쳤다. 갑자기 윤우 생각이 났다. 수희를 보기 위해 학원을 빼먹는 정도의 팬이 많다면 그럴 수도 있겠다는 생각이 들었다. 소란 속에서도 꿋꿋하게 혼자 책을 펴 놓고 자습하던 반장이 교탁 앞에 나가 한심하다는 듯이 아이들을 내려다봤다.

"너희들은 아직 멀었다. 나쁜 짓 하는 놈이 사람 착한 거 재 가면서 하는 줄 아냐? 이유 없이 자기 눈에 꼴 보기 싫으니까 하는 거야. 너희들, 사이코패스도 몰라? 수희가 뭘 잘못해서 이런 짓을 당한다고 생각하냐? 내 생각에는 그냥 수희가 싫어서 한 거야. 아마 우리가 짐작도 못 하는 황당한 이유 때문일걸. 자기가 싫어하는 상표의 광고를 수희가 찍어서라든지 아니면 수희의 웃는 얼굴이 너무 눈부셨다든지 이런 거 말이야."

잠시 교실 안이 조용해졌다. 반 아이들이 서로 눈치만 보며 고개를 갸웃거리는데 박수진이 자리에서 일어나며 팔을 가로저었다.

"아, 반장, 추리 드라마를 너무 많이 봤어. 좀 작작 보라니까. 부반장, 옆에 반장 입 좀 막아라. 저러다 혼자서 드라마 한 편 쓰겠다."

"씨, 수진이 네가 뭘 안다고 그래? 진짜 내 말이 맞을 거라니까. 너희가 너무 어려서 문제를 단순하게만 보는 거라고."

반장이 얼굴이 벌게진 채로 소리치자 잘 걸렸구나 싶었는지 박수진이 헤헤 웃기 시작했다.

"아이구, 그래서 반장님은 우리보다 늙으셨나? 지도 어리면서."

순간 조용했던 교실이 웃음소리로 가득 찼다. 나는 수희의 일이 웃음거리가 되는 것에 참을 수 없을 만큼 화가 났다.

"야, 좀 조용히 해. 이게 신나서 웃을 일이야? 아무리 남의 집 불난 구경은 재미있다지만 좀 심한 거 아니야? 너희한테 닥친 일 아니라고 막 이래도 되냐?"

나는 더 이상 참지 못하고 교실이 울리게 소리를 질러 댔다. 교실은 물을 끼얹은 것처럼 조용해졌다. 너무 심했나 싶어서 잠시 아차 했지만 그래도 후회하지는 않았다.

"너, 말 웃기게 한다. 우리가 지금 수희 일이 재미있어서 이러는 거야? 우리도 누가 범인일지 생각하는 거잖아."

김연주였다. 예전부터 내가 수희와 어울리는 것을 못마땅하게 바라보던 애였다. 반장도 안경을 손가락으로 밀어 올리며 따졌다.

"야! 백현지, 네가 진수희랑 제일 친한 건 알지만 이건 좀 오버라는 생각이 든다. 우리 반에서 수희 싫어하는 애가 어딨어? 다들 걱정이 되니까 한마디씩 하는 걸 너무 아니꼽게 보는 거 아냐? 그리고 솔직히 너만 수희랑 친해? 수희는 누구나 다 친하잖아."

"맞아, 수희가 뭐 지랑만 친한가? 그리고 수희 일이 터졌다고 우리가 울고만 있어야 해? 어디 네 눈치 보여서 장난이나 치겠어?"

유지희가 나를 쳐다보며 쏘아붙였다. 여기서 멈췄으면 얼마나 좋았을까. 하지만 나는 참지 못하고 또 한마디 하고야 말았다.

"야! 너희들 말은 똑바로 해. 자기 일 아니니까 재미있는 거잖아. 가족이 이런 일 겪었어도 그렇게 농담할 수 있어? 웃을 수 있냐고!"

아이들이 일제히 나를 쏘아보는 게 느껴졌다.

"그러는 너는 수희랑 가족이냐? 너도 친구잖아. 넌 뭘 대단한 거처럼 그렇게 꾸며 대? 네 말대로라면 너도 남이니까 지금 불구경 중이냐?"

부반장의 말에 아이들이 다들 맞는다고 소리쳤다. 나는 참을 수 없이 화가 났지만 더 이상 할 말을 찾지 못해 귀를 막고 책상 위에 엎드려 버렸다. 후회가 되었다. 앞으로 수희 일에 유난을 떨지 않겠다고 다짐한 지 하루도 되지 않아 그 결심이 깨지고 말았다. 등 뒤로 아이들의 따가운 눈초리와 웅성거림이 느껴졌다.

나는 어느새 반 아이들의 마음에서 동떨어져 혼자 남겨

졌다. 아니, 어쩌면 나는 예전부터 반 아이들과 동떨어져 있었는지도 모른다. 수희를 뺀 다른 아이들과 그리 친하게 놀지 않았으니까 말이다. 솔직히 다른 친구는 별로 필요하지 않았다. 수희가 없는 빈자리는 누구도 채워 줄 수 없다고 생각했다. 다른 아이들과 장난도 잘 쳤지만 그마저 대부분 수희와 함께 있을 때였다. 수희가 바빠진 후로 혼자 있으면 게임을 하거나 음악을 들었다. 다른 아이들과 따로 만나서 논 적도 거의 없었다. 수희는 힘들게 일하는데 혼자만 재미있게 놀면 미안하다는 생각이 들었기 때문이다.

의심

아침에 일어나 학교에 오니 온통 난장판이었다. 운동장
은 방송 장비를 실은 봉고차, 엄청나게 큰 카메라를 어깨
에 멘 아저씨, 녹음기를 든 기자 들로 북적였다. 어제오늘
학교에서 벌어진 수희 사건이 벌써 언론사에 알려진 모양
이었다. 성미 급한 기자들은 교문을 들어서는 아이들에게
녹음기를 들이대고 이것저것 물었다. 기자들이 너무 많아
서인지 선생님들도 별다른 제지를 하지 못했다.

그때였다. 기자와 이야기를 하고 있던 어떤 아이가 갑
자기 손가락으로 나를 가리켰다. 그와 동시에 그 아이를
인터뷰하던 기자는 물론 주변에서 어슬렁거리던 기자들
이 순식간에 나를 에워쌌다. 나는 기자들 사이를 빠져나

가려 버둥거렸지만 아무 소용이 없었다. 사방을 벽처럼 꽉 막고 서서 길을 터 주지 않았다. 기자들은 나에게 마이크를 들이대며 소리쳐 물었다.

"현지 학생, 학교에서 진수희 양을 노린 여러 번의 끔찍한 범행이 있었다는데, 알고 계시죠?"

"사진의 눈을 도려내고 붉은 글씨로 욕설을 적었다고 하던데, 사실인가요?"

마치 뉴스에서 보던 모습 그대로였다. 높으신 아저씨들이 죄를 지어 경찰서에 갈 때, 그 주변에 기자들이 몰려와 마구잡이로 질문을 던지는 모습 말이다. 나는 물 밖으로 튀어 나온 물고기처럼 입만 뻐끔거렸다. 하도 여기저기서 질문을 던져 대서 무슨 말을 하는지도 제대로 알 수가 없었다. 하지만 빨간 티셔츠를 입은 기자가 한 말 만큼은 절대로 놓칠 수가 없었다.

"주변 사람들은 지금 용의 선상에 현지 양을 올려놓기도 했다는데, 뭐 들은 얘기 없습니까?"

나는 순간 귀를 의심했다. 내가 용의자라니? 머릿속이 하얗게 변해 버렸다. 혹시 이 사람들이 무얼 착각하는 것이 아닌가 생각했다. 하지만 뒤를 잇는 질문은 절대로 그 질문이 착각에서 나온 것이 아님을 알게 해 주었다.

"가장 친한 친구가 인기 많고 잘되는 게 질투가 났나요?"

얼토당토않은 소리에 나는 고개를 저으며 소리를 지를 수밖에 없었다.

"난 몰라요. 그리고 내가 그런 거 아니에요."

나는 한시라도 빨리 이 자리를 피하고 싶었다. 하지만 기자들은 나를 붙잡고는 놔주지 않았다. 그러고는 계속 질문을 쏟아 냈다.

"사건 정황상 중학생 단독 범행은 힘들다고 하던데 그럼 혹시 주변 어른도 같이 이 일을 도왔나요?"

갈수록 태산이었다. 이미 기자들은 내가 범인이라고 확신하는 듯했다. 이런 상황에서 내가 할 수 있는 것은 기자에게 잡힌 팔을 흔들어 대며 소리 지르는 일밖에 없었다.

"나 아니라고요! 아니에요. 나한테 왜 이러는 거예요!"

하지만 내 목소리는 기자들의 질문에 묻혀 공중에서 흩어져 버리고 말았다. 기자들의 질문은 계속해서 허공을 떠다니다 내 귀에 박혔다. 나는 그대로 쭈그려 앉아 귀를 막았다. 어질어질하고 쓰러질 것만 같았다. 그때 구원의 목소리가 들렸다.

"아직 어린 학생한테 무슨 짓입니까? 경찰에 신고하기

전에 그만두세요."

누군가 소리를 지르며 기자들을 헤치고 다가와 나를 일으켜 세웠다.

"백현지! 괜찮아? 이런 몹쓸 인간들 같으니라고. 이게 무슨 짓이야!"

고개를 들고 보니 학주였다. 학주는 나를 안고는 기자들 사이를 비집고 나갔다.

"현지 양, 인터넷에서는 지금 현지 양을 조사해야 한다고 서명 운동을 벌이고 있어요. 할 얘기 없습니까?"

"어쩌다 가장 친한 친구에게 그런 일을 벌이게 된 겁니까?"

기자들은 나를 따라오며 끈질기게 질문을 쏟아부었다.

"이 돼지만도 못한 인간들아! 그만해! 애가 놀란 거 안 보여?"

학주가 소리를 지르며 학교 건물 안으로 나를 데리고 들어갔다. 내가 멀어지자 기자들은 먹이를 놓친 하이에나 떼처럼 입맛만 다시며 건물 밖에 서 있었다.

"정말 괜찮아? 교실까지 갈 수 있겠어?"

학주가 걱정스럽게 물었다. 그때서야 긴장이 탁 풀리면서 몸이 떨려 오기 시작했다.

"괘, 괜찮아요."

나는 떨리는 몸을 추스르며 간신히 대답했다.

"괜찮긴, 벌벌 떠는구만. 그래 가지고 어떻게 수업을 들을 수 있겠니?"

"아니에요. 좀 놀라서 그래요. 교실 가서 앉아 있으면 돼요."

"그래? 그럼 내가 일단 교실까지 데려다주마."

학주는 내 가방을 들더니 계단으로 걸어갔다. 지나가던 아이들이 나를 힐끔힐끔 쳐다봤다.

"선생님, 고맙습니다."

"고맙긴, 당연한 일이지."

학주가 나를 따뜻하게 내려다보았다. 그 눈빛을 보니 하고 싶은 말이 주저 없이 나왔다.

"서, 선생님, 저 진짜 아니에요. 우리 엄마 아빠 이름 걸고 맹세할 수 있어요. 믿어 주세요."

나는 매달리듯 학주 팔을 잡고는 말했다. 학주가 알았다는 듯이 고개를 끄덕거렸다.

"그래, 선생님도 네가 한 짓이 아닐 거라고 생각한다."

나는 그 말이 너무 고마워서 금방이라도 눈물이 뚝뚝 떨어질 것 같았다.

"선생님, 그렇게 말씀해 주셔서 감사해요. 정말 감사해요."

학주는 조금 머쓱한 듯 헛기침을 하더니 자신의 두 손을 마주 잡았다. 그러고는 안쓰러운 눈빛으로 이야기했다.

"하여간 선생님은 너를 믿고 있으니까 기자나 주변에서 뭐라고 하든 힘내라. 그럼 얼른 들어가 봐라."

나는 학주를 향해 머리가 바닥에 닿을 정도로 허리를 깊숙이 숙여 인사했다. 누가 보든 말든 열 번이라도 더 하고 싶었다. 교실에 들어가자 담임이 내 쪽을 보며 인상을 찌푸리더니 출석부로 교탁을 세게 내리쳤다.

"조용, 조용히 해. 지금 경찰에서 열심히 추적 중이니까 너희들은 신경 쓰지 말고 열심히 공부나 해. 수희는 오늘 촬영 일정도 빠듯하고 기자들이 너무 따라다녀서 학교에 오기 힘들 것 같다고 하니까 그렇게 알고."

아이들이 나를 째려보기 시작했다. 아까의 소동은 이미 다 알려진 것 같았다.

"수희 팬카페에서는 벌써 범인이 밝혀졌대."

"어째 방귀 뀐 놈이 성낸다더니 지가 해 놓고 성질내는 건 뭐야."

"쯧쯧, 하긴 질투 날 만도 하지. 누구는 용 됐고 누구는 아직도 지렁이니."

　자기들끼리 속닥거려도 무슨 소린지 다 들렸다. 반 아이들도 아까 그 기자들과 똑같았다. 모두 내 편이 아니었다. 범인을 눈앞에 두고도 증거가 없어서 못 잡는 건 말도 안 된다는 소리도 들렸다. 내 귀에 들릴 정도면 담임에게도 다 들렸을 텐데 선생님은 들은 척도 하지 않았다.

　"반장은 애들 조용히 시키고 떠드는 애들 칠판에 적어놔. 적힌 애들은 오늘 청소다. 그리고 현지는 나랑 잠깐 같이 교무실 좀 내려가자."

　"네?"

　나는 고개를 들고 담임을 쳐다보았다. 담임은 조금 곤란한 표정으로 나를 보았다.

　"별거 아니야. 경찰이 좀 물어볼 게 있나 봐."

　아이들이 나를 쳐다보며 다시 속닥거리기 시작했다. 나는 뒤를 돌아 아이들을 쳐다봤다. 아이들은 그럴 줄 알았다는 표정으로 비웃고 있었다. 나는 담임을 따라 계단을 내려갔다.

　"선생님, 왜 경찰 아저씨가 나를 불러요?"

　나는 떨리는 목소리로 물었다.

　"몇 가지 궁금한 게 있나 봐. 네가 수희랑 제일 친하잖니. 수희가 없으니 너한테라도 도움을 받고 싶은가 봐."

담임이 작은 소리로 부드럽게 말했다. 마음이 조금 편해지는 기분이었다. 선생님은 교무실 안 소파로 나를 데려갔다. 경찰 아저씨 한 명이 기다리고 있었다.

"네가 백현지니?"

아저씨는 수첩을 펼치며 물었다.

"네."

"네가 진수희랑 제일 친하다며?"

"네."

경찰 아저씨의 말투가 조금 껄끄럽게 들렸다. 의심에 가득 찬 목소리였다. 나는 기분이 나빠져 시큰둥하게 대답했다. 아저씨는 고개를 들어 한동안 말없이 나를 쳐다보았다.

"수희가 전에 너희 동네에 같이 살았었어?"

"네."

"그때부터 진수희 옆에 붙어 다닌 거야?"

"억지로 붙어 다닌 거 아니에요. 애기 때부터 같이 자란 거예요."

아저씨의 차가운 말투에 왠지 모르게 억울한 생각이 들기 시작했다.

"수희가 연예인이 된 게 다 네 덕분이라며?"

"내가 하긴 뭘 해요. 수희가 잘나서 연예인 된 거예요."

"허허, 말장난하지 말고. 네가 인터넷에 동영상을 올렸는데 그게 화제가 돼서 수희가 영화에 나오게 된 거라며."

아저씨가 내 머리를 볼펜으로 가볍게 톡톡 쳤다.

"올린 건 내가 맞지만 인터넷에 그런 거 올리는 사람이 뭐 나 하난가요? 그렇게 해서 연예인 될 거면 우리나라에서 연예인 못 될 사람 하나도 없겠네요."

나는 볼펜을 손으로 치우며 아저씨를 똑바로 쳐다봤다. 아저씨는 허허거리던 웃음을 멈추고 나를 무표정하게 쳐다보았다.

"그런데 말이다. 그 동영상에 너도 나왔다면서? 그러니까 진수희만 나온 게 아니라 사이좋게 너희 둘이 같이 말이다."

"그게 왜요? 그러면 안 되나요?"

"안 되긴 왜 안 되겠니? 문제는 한 명만 유명한 연예인이 되고 한 명은 여전히 별 볼 일이 없다는 거겠지."

아저씨는 일부러 나를 골리듯이 말을 비꼬았다.

"내가 왜 별 볼 일이 없어요!"

나는 화가 나서 크게 소리쳤다.

"그래, 바로 그게 문제야. 너는 너를 별 볼 일 있게 생각한다는 거. 그런데 주변에선 너를 별 볼 일 없게 생각하지 않든? 연예인 친구 옆에 붙어 다니는 껌딱지처럼 말이야. 네 친구는 네 덕분에 유명한 연예인이 돼서 돈도 많이 벌고 좋은 집으로 이사 갔는데 너는 여전히 좁은 반지하 빌라에서 힘들게 살고 있잖아. 그러니 네가 얼마나 화가 났겠어. 네가 보기엔 너랑 수희랑 별다를 것도 없을 텐데 말이다."

나는 황당해서 입을 벌리고 아저씨를 쳐다보았다.

"지, 지금 무슨 얘기를 하는 거예요? 그럼 아저씨는 내가 수희가 잘된 게 배가 아파서 나쁜 짓이라도 했다는 건가요?"

"누가 그랬다고 했니? 왜, 너, 뭐 찔리는 거라도 있어?"

아저씨가 일부러 나를 떠보듯이 물었다.

"찔리긴 뭐가 찔려요? 아저씨가 말도 안 되는 소릴 하니까 그러지."

"말이 되고 안 되고는 좀 두고 봐야 알 일이고. 이 아저씨 생각은 그렇다. 혹시라도 네가 이번 일들을 저질렀다면 말이다. 네가 아직 어리잖니? 낙서는 그렇다 쳐도 나머지 일들을 너 혼자 할 수는 없었을 거라고 봐. 그러니 아마도 네 주변의 나이 먹은 누군가가 도왔을 거란 생각이 드는

구나.”

너무 분하니까 손이 부들부들 떨리면서 눈가에 눈물이 고이는 게 느껴졌다.

“아저씨, 무슨 드라마 쓰세요? 왜 자꾸 이상한 소리를 해요?”

나는 주먹을 쥐고는 화를 꾹 참으며 물었다.

“아저씨가 그런 재주라도 있으면 이렇게 아침부터 출동해서 쥐콩만 한 너랑 이러고 있겠니? 자, 종이에 일주일 동안 네가 한 일들을 아침부터 저녁까지 하나도 빠짐없이 시간대별로 적어라. 오래 걸려도 상관없으니까, 심부름한 거부터 누굴 만났는지까지 자세하게 다 적어.”

아저씨는 내 앞에 흰 종이 몇 장과 연필을 내놓더니 일어섰다.

“담임 선생님, 전 다시 한 번 교장실을 둘러보고 올 테니 이 학생 좀 옆에서 지켜봐 주세요.”

“저도 수업 때문에 올라가 봐야 해요. 어디 도망갈 아이는 아니니까 그냥 혼자서 쓰라고 해도 될 거예요. 현지야, 이거 다 쓰면 선생님에게 얘기해.”

나는 일어서는 담임을 물끄러미 바라봤다.

“네, 그런데 저 수업은 어떻게 해요?”

"현지야, 지금 수업이 문제가 아니야. 이거 먼저 열심히 써서 가져와."

담임은 경찰 아저씨와 교무실을 나가며 당부했다. 다른 선생님들도 다 수업에 들어가 교무실이 텅 비었다. 따스한 햇볕이 유리창을 뚫고 교무실 안을 데웠다. 하지만 지금 내 마음은 마치 시베리아 벌판에 서 있는 거 같았다. 나는 멀뚱멀뚱 앉아 흰 종이를 한참 쳐다보았다. 이 안에 뭘 채우라는 건지 도무지 알 수가 없었다. 하여튼 그 경찰 아저씨는 나를 의심하는 게 분명해 보였다. 엄마는 화낼 때마다 속을 뒤집어서 나한테 보여 주고 싶다고 버릇처럼 그랬는데, 나야말로 그 경찰 아저씨한테 지금 내 속을 뒤집어서 보여 주고 싶다는 생각이 들었다. 분하지만 지금 당장은 이 종이를 채워야 교무실에서 나갈 수 있겠지?

나는 머리를 부여잡고 끙끙거리며 떠오르지도 않는 하루하루를 적어 나갔다. 종이를 가득 채워 놓고 읽어 보니 참 내 하루도 별 볼 일 없어 보였다. 그나마 수희 덕분에 햄버거 가게도 가고 방송국도 찾아갔다. 일주일 내내 학교 끝나면 학원, 그리고 집이 전부였다. 나는 종이를 들고 교실로 올라갔다. 교실은 영어 수업이 한창이었다. 수희 자리는 여전히 비어 있었다. 그냥 들어갈까 잠시 고민했지만 아이들이 나만 쳐다볼 것 같아서 쉬는 시간이 되도록 기다렸다. 하지만 그건 착각이었다. 종이 울리고 교실에 들어갔는데도 아이들은 모두 약속이나 한 듯이 나만 쳐다보았다. 나가려던 아이들도 걸음을 멈추고 나에게 눈길을 고정했다. 담임은 종이를 받아 들더니 내용을 쭉 훑어보았다.

"일단 자리로 들어가고 선생님하고는 나중에 얘기하자."

담임이 종이를 들고 교실을 나가자 아이들의 눈초리가 노골적으로 나에게 꽂혔다. 얼굴이 화끈거렸다. 김연주와 박수진이 사뿐사뿐 내 앞으로 다가왔다.

"백현지, 너 내려가서 경찰하고 뭐 했어?"

연주가 나를 내려다보며 따지듯이 물었다.

"뭐 하긴 뭘 해, 네가 알아서 뭐하려고."

나는 기분 나쁘게 웃고 있는 연주의 눈을 피하며 얼버무렸다.

"왜 경찰이 너만 불렀을까? 우리 반 애들 다 놔두고 말이야."

연주는 일부러 들으라는 듯 한껏 흥이 난 목소리를 내며 아이들을 쳐다봤다.

"당연히 나랑 수희랑 제일 친하니까 나를 불렀지. 안 그래도 내가 네 얘기 했어. 아무래도 좀 이상하다고 말이야."

곤란할 걸 뻔히 알면서도 슬슬 나를 놀리는 연주가 얄미워서 순간 없는 말을 만들어 냈다.

"오, 그래? 이상하네. 내가 아까 내려가서 몰래 교무실 안을 들여다봤거든. 그런데 경찰 아저씨는 내가 아니라 너를 의심하는 거 같던데?"

연주는 의기양양해서 팔짱까지 끼고는 고개를 까딱거렸다.

"네 귀는 뭐 발이라도 달렸냐? 교무실이 얼마나 넓은데 경찰이 하는 소리를 들어? 그리고 너 간첩이야? 뭘 캐내려고 그렇게 열심이야!"

나도 고개를 들어 지지 않고 비꼬듯이 물었다.

"경찰이 얼마나 큰 소리로 말했는데! 지나가던 사람은 다 들었을걸? 야, 너 웃긴다. 수희 사건 터지고 우리 반에서 제일 먼저 발바닥에 불이 나게 교장실로 내려간 게 누구더라? 너 아니었어? 그러는 너야말로 뭘 그렇게 알고 싶어서 그랬니?"

박수진의 어깨에 팔을 기댄 연주는 이제 대놓고 비웃었다. 나는 귀까지 빨개져서 씩씩거렸지만 뭐라고 대꾸를 해야 할지 알 수가 없었다.

"이거 봐, 아무 말도 못 하지. 너무 수상하다니까. 그러니까 경찰도 너만 부른 거야. 너, 아까 선생님한테 준 그 종이, 그거 범인들이 경찰서에서 쓰는 진술서 같은 거잖아. 아니야?"

"웃기고 있네. 진술서는 무슨 진술서! 네가 아주 벌집 찾은 곰처럼 신났구나. 수희 사건 안 터졌으면 서운해서 어떡할 뻔했어. 너야말로 나 괴롭히려고 일부러 수희 사진에 낙서한 거 아냐?"

나는 벌떡 일어나 연주의 어깨를 밀쳐 냈다.

"이게 어디다 대고 누명을 씌워? 지가 찔리니까 남까지 찔리는 줄 아나 보지? 수희도 이번 기회에 확실히 알게 될 걸. 너 같은 거를 옆에 달고 다니는 게 얼마나 한심한 짓인지 말이야."

연주가 밖으로 나가려는 내 뒤에 대고 소리쳤다. 나는 뒤돌아 연주에게 다가가 입김이 닿을 정도로 가깝게 얼굴을 들이댔다.

"그럴 줄 알았어. 너는 무조건 내가 범인이어야 좋겠지? 그래야 나랑 수희 사이를 떼어 놓을 테니까 말이야. 그런데 어쩌니, 네가 원하는 일은 일어나지도 않을 테니.

아마 수희는 내가 범인이라도 날 용서해 줄걸."

"글쎄다, 네 생각처럼 수희가 널 용서해 줄까? 난 전혀 아닐 것 같은데 말이야. 하여간 너 따위랑 말하기도 싫으니까 네 맘대로 떠들어 대. 내가 여기서 말한다고 네가 알아먹을 것 같지도 않고, 뭐 시간이 지나면 너도 다 알겠지."

"뭘 알아?"

"수희가 누구를 좋아하고 누구를 싫어하는지 말이야."

연주는 기분 나쁜 웃음을 흘렸다.

왕따 시작

수희가 학교에 왔다. 교장실 사건이 있은 지 사흘 만이었다. 교실 문을 열고 들어오는 수희의 얼굴은 핼쑥하고 피곤해 보였다. 수희에게 묻고 싶은 것이 산더미처럼 많았지만 쉽게 가까이 갈 수 없었다. 다른 아이들도 마찬가지 같았다. 그때였다. 연주가 일어나더니 나를 힐끗 보고는 수희에게 다가갔다.

"쑤희! 어떻게 된 거야?"

"어떻게 되긴, 그냥 촬영 때문에 바빴어."

수희가 연주에게 대답을 하다니, 너무 충격적이었다. 특별한 규칙이 있던 건 아니었지만 지금까지 '쑤희'라고 부르는 사람은 학교에서 오직 나 하나였다. '쑤희'는 수희가 스타가 되기 한참 전부터 내가 부르던 별명이었다. 몇몇이 그런 식으로 부른 적이 있었지만 수희는 한 번도 대답해 주지 않았다. 무안했던 아이들은 자연스럽게 그 별명을 쓰지 않았고, 그 이후로 '쑤희'는 나만을 위한 애칭이었다. 무언가 지켜 오던 것에 금이 쩍 벌어진 듯한 느낌이었다. 연주 때문인지 아이들이 수희 주변으로 몰려들었다.

"수희야, 어떻게 된 거야?"

"너 안 나오는 동안 완전 난리도 아니었어. 경찰은 만나 봤어?"

수희는 차분하게 머리카락을 귀 뒤로 넘겼다.

"나도 오늘 학교 오는 중에 전화 받았어. 이따 점심시간에 경찰하고 얘기 좀 해 보래."

한꺼번에 쏟아지는 질문에도 수희는 얼굴 한 번 찡그리지 않고 웃는 얼굴로 대답해 주었다. 하지만 다른 사람은 몰라도 나는 알 수 있었다. 지금 수희가 얼마나 피곤하고 지쳐 있는지를. 아이들은 정말 속도 없다. 어떻게 자기들의 궁금증을 해결하기 위해 정작 제일 힘들 사람을 저렇게 괴롭힐 수 있을까? 가만히 놔두면 수희는 자기 살을 깎아먹으면서도 계속 참고만 있을 거다. 다시는 수희 일에 참견하고 싶지 않았지만 도무지 참을 수가 없었다. 나는 자리에서 일어서서 아이들을 헤치고 들어갔다.

"야, 너희는 뭐가 그렇게 궁금한 게 많아? 수희 좀 그냥 놔둬라. 애가 그냥 보기에도 물에 젖은 종이처럼 흐물흐물해 보이잖아."

하지만 아이들은 들은 척도 하지 않고 계속 수희 옆에 달라붙어 있었다.

"그러니까, 아직 누가 그랬는지도 모른다는 거네?"

"누가 협박 전화하거나 메일 같은 거 보낸 적도 없어?"

수희는 피곤한지 두 손으로 눈을 꾹꾹 누르고는 기침을 몇 번 하더니 가방에서 물을 꺼내 마셨다.

"안티들이야 많이 보내지. 그래도 나는 다른 애들보다 그런 거 거의 안 받는 편이야. 이따 경찰한테는 말해 줘야겠지."

안 되겠다 싶었다. 나는 아이들을 잡아당기며 뒤로 밀쳐냈다.

"너희 좀 심하다고 생각하지 않아? 그만들 좀 해. 수희가 무슨 로봇이냐? 어제도 하루 종일 촬영하느라 힘들었을 텐데 학교에서라도 편하게 해 주면 안 돼?"

내가 큰 소리를 내자 얼마 전에도 그랬던 것처럼 교실 안이 찬물을 들이부은 것처럼 조용해졌다. 그리고 곧 아이들의 따가운 눈초리가 온몸에 박혔다.

"진짜 웃긴다. 백현지 네가 뭔데 자꾸 우리한테 소리 지르고 난리야?"

최희영이 째려보며 말을 던지자 아이들이 약속이나 한 듯 고개를 끄덕거렸다.

"맞아, 네가 선생님이나 돼? 넌 뭐 얼마나 잘나서 우리를 가르쳐?"

"너만 걱정하냐? 누가 보면 네가 수희 대신 전쟁터라도 나갔다 온 줄 알겠다."

내가 못마땅한지 아이들은 너도나도 한마디씩 던졌다. 그때 연주의 입에서 도저히 참을 수 없는 소리가 나왔다.

"지가 범인인 주제에 수희 걱정 해 주는 척하긴. 저러니까 수희 말고는 친구도 없지. 쯧쯧."

"뭐! 내가 범인이라고? 야, 김연주 너 오늘 한번 죽어 볼래?"

주먹에 힘이 잔뜩 들어갔다. 이제 이걸 휘두르기만 하면 저 꼴도 보기 싫은 연주를 한 대 때려 줄 수 있을 것 같았다. 하지만 그것은 이룰 수 없는 상상이었다. 수희의 목소리에 주먹뿐 아니라 다리마저 힘이 풀렸기 때문이다.

"야, 백현지, 그만 좀 안 해? 연주가 장난으로 한 소리에 그렇게 흥분할 필요 있어? 너 때문에 가뜩이나 어수선한 교실이 엉망이 됐잖아."

짜증이 가득 섞인 목소리와 차가운 표정이었다. 얼음을 삼킨 것처럼 속이 서늘해졌다.

"어, 그, 그게 아니잖아. 장난도 장난 나름이지. 아까 너도 들었잖아. 내, 내가 이번 일을 저지른 거냐고 하는데 어떻게 가만히 있어?"

나는 버벅거리며 간신히 수희에게 대꾸했다.

"너, 뭐 찔리는 거라도 있니? 떳떳하면 뭐하러 화를 내? 네가 자꾸 그러면 애들은 더 이상하다고 생각할걸?"

수희는 아까보다 더 차갑게 쏘아붙였다. 연주는 고소하다는 듯이 나를 보며 실실 웃었다. 무슨 말을 해야 하지? 머릿속이 하얗게 됐다. 나는 고장 난 장난감처럼 수희를 쳐다보았다.

"나, 나한테 왜 그래? 내가 뭐 잘못했어?"

"그걸 왜 나한테 물어봐? 네가 반 분위기 다 망쳐 놓고 나보고 물으면 내가 뭐라고 해야 하는데? 네가 내 편 들어주니까 내가 너 대신 반 아이들한테 사과라도 하라는 거니?"

수희가 나를 똑바로 쳐다보며 조곤조곤 따졌다.

"그게 아니잖아. 진짜 나한테 왜 그래?"

꽉 쥔 손바닥에 땀이 고이고 혀끝에서는 했던 말이 자꾸 또 나왔다.

"우리가 아무리 친하다지만 네가 잘못한 걸 알면서 어떻게 네 편만 들어? 다른 사람이 보면 내가 너한테 그렇게 하라고 시키는 줄 알 거 아냐. 나 오해받는 거 싫어. 그러니까 애들 앞에서 나 생각해 주는 척 좀 적당히 해."

수희가 일어서서 내 어깨를 툭 치고 지나갔다.

"거봐, 수희는 괜찮다 그러는데 왜 네가 오버 하고 그래?"

"그러니까 말이야. 혼자서 생각하는 척 다 하더니."

"그러게, 수희만 믿고 까불더니 꼴좋네."

연주가 비아냥대며 실실 웃었다. 누가 망치로 머리를 한 대 때린 거 같았다. 수희가 애들 앞에서 나한테 이런 소리를 하다니. 아무 말도 못 하고 눈을 껌뻑거리며 수희만 쳐다보다 마땅히 할 말을 찾지 못해 그냥 자리로 가 앉았다. 아이들이 모두 나를 비웃는 것만 같았다. 하지만 그런 건 아무렇지도 않았다. 수희 생각으로 가득 차 다른 건 머릿속에 들어오지도 않았다. 지난번에 방송국 앞에서 모른 척했던 건 참을 수 있었다. 그때는 나도 잘못했고, 또 우리 사이를 아는 사람들 앞이 아니었기 때문이다. 하지만 오늘은 다르다. 배꼽 아래가 뜨거워서 참을 수 없었다. 모두가 나를 무시하는 것만 같았다.

점심시간에 급식을 받아 왔지만 밥맛이 없었다. 그저 자리에 앉아 멀뚱멀뚱 반찬만 쳐다봤다. 지금도 그렇고 수업하는 내내도 그렇고 아이들이 내 뒤통수만 쏘아보는 거 같았다. 잘못한 것도 없는데 내가 왜 이런 기분을 느껴야 하는 거지? 모든 게 연주 때문이다. 나는 신나서 밥을 먹는 연주를 노려보았다. 그때 갑자기 아이들이 시끌시끌해졌다. 무슨 일이 벌어졌나 해서 뒤를 돌아보니 수희였다. 수희는 내 자리는 쳐다보지도 않고 자기 자리로 가 앉았다. 연주가 잽싸게 일어나 수희에게 달려갔다. 둘은 한참을 친근하게 이야기했다. 마치 며칠 전의 나와 수희 같았다. 다른 때 같았으면 벌떡 일어나 연주를 밀쳐 내고 내가 수희 옆자리를 차지했겠지만 발이 떨어지지 않았다.

시간이 어떻게 지났는지 모르겠다. 어느새 나는 집에 와 있었다. 오늘 수희가 나에게 했던 말이 생각날 때마다 얼굴이 빨개지고 창피해졌다.

수희는 아마 내가 너무 친한 척하는 것이 불편했는지도

모른다. 여러 사람의 사랑을 받아야 하는 연예인이 한 사람에게만 잘해 줄 수도 없는 노릇이긴 하다. 그러고 보니 나도 좀 지나쳤던 것 같다. 너무 수희에게만 신경 쓰다 보니 다른 아이들과는 거의 친하게 지내지 못했다. 난 그게 정말 아무렇지도 않고 당연하다고만 생각했다. 하지만 지금 생각하니 친구는 많을수록 좋은데 너무 수희한테만 집착했던 것 같다. 그런 생각이 들자 마음이 조금 편해졌다. 내일부터는 수희 말고도 다른 아이들과 친하게 지내야겠다. 물론 연주는 빼고 말이다. 이런저런 생각을 하다가 잠이 들었다.

바람이 나뭇가지 끝을 가볍게 흔들어 댔다. 햇빛이 사뿐히 내려앉아 나뭇잎마다 반짝반짝 빛났다. 날씨가 좋아서인지 어제 내내 우울했던 마음이 조금 밝아지는 기분이었다. 가방도 가볍게 느껴졌다. 오늘은 왠지 좋은 일이 생길 것만 같았다. 나는 걸음을 재촉해 학교로 가 교실 문을 힘차게 열었다. 휙 둘러보니 수희가 자리에 앉아 있었다. 하지만 이제 수희한테 특별히 신경 쓰지 않기로 했다. 나는 다른 아이들과 진즉에 친해졌어야 했다.

"얘들아, 안녕!"

일부러 높은 목소리로 개그맨 흉내를 내며 익살스럽게 손을 흔들었다. 하지만 교실 안에선 별 반응이 없었다. 그저 나를 힐끔거리며 자기들끼리 귀엣말을 나눌 뿐이었다. 보통 때라면 누군가 과장된 행동을 할 때마다 아이들은 책상을 치면서 웃었다. 원래 그게 정상이다. 내가 며칠 동안 교실에서 너무 화만 내 그러는 걸까? 괜히 머쓱해져서 자리로 들어갔다. 가방에서 책을 꺼내 서랍 안에 넣으려는데 그 안에서 뭔가가 만져졌다. 구겨진 쪽지들이었다. 나는 더듬더듬 쪽지를 펴 보았다.

'나쁜 년! 너 같은 건 감옥에 가야 해!'

시뻘건 글씨였다. 다른 쪽지를 펼쳐 보았다.

'옆에서 그렇게 친한 척하더니, 친구가 잘되는 게 배 아팠어? 그래서 그렇게 끔찍한 짓을 한 거야?'

역시 시뻘건 색이었다. 다른 종이도 펴 보려는데 손이 덜덜 떨리기 시작했다. 나는 애써 침착하게 종이를 폈다.

'경찰은 왜 아직 널 안 잡아간 거야? 너 같은 거랑 한 반에 앉아 있다니, 정말 전학이라도 가고 싶다.'

왼손으로 쓴 것처럼 삐뚤빼뚤한 글씨였다. 누구의 글씨인지 알아볼 수 없었다. 나머지 쪽지도 펴 보려는데 손이 더 심하게 떨리기 시작했다. 더 이상은 쪽지를 펼 수 없었다. 어쩔 줄을 몰라 하다 가방 안에 초콜릿을 넣어 둔 게 생각났다. 초콜릿을 먹으면 기분이 좋아진다는 기사를 본 기억이 났다. 나는 초콜릿을 까서 입에 넣었다. 달콤한 향기가 퍼졌다. 구겨진 마음이 조금 펴지는 것 같았다. 하지만 그건 아주 잠깐 동안이었다. 화장실을 다녀오니 더 많은 쪽지가 책상 서랍 안에 쌓여 있었다. 나는 서랍 안에 팔을 깊숙이 넣어 쪽지를 몽땅 다 끄집어냈다. 손이 아까보다 더 덜덜 떨려서 쪽지를 자꾸 바닥으로 떨어뜨렸다.

'재수 없어. 뻔뻔하게 학교에 나와? 너 때문에 수희는 스트레스로 머리털이 다 빠진다고 하더라.'

'범죄자 주제에 초콜릿은 먹고 싶은 모양이지?'

쪽지에는 아까보다 더 심한 내용들이 적혀 있었다. 쪽지를 쥔 손에 힘이 들어가고 얼굴이 화끈화끈 달아올랐다. 고개를 들어 주변을 돌아보았다. 하지만 반 아이들 모두 아무 일도 없다는 듯 평소와 똑같이 행동했다. 짝과 이야기를 하는 아이, 밀린 숙제를 하는 아이 등 익숙한 교실의 풍경 그대로였다. 단지 달라진 것은 나에 대한 것뿐이었다. 짝에게 말을 건네 보았지만 전혀 들리지 않는다는 듯이 다른 곳으로 시선을 돌려 버렸다. 반 아이들은 나를 투명 인간처럼 취급했다. 아니, 반응이 있는 아이도 있었다. 바로 연주였다. 수희는 나를 쳐다보지 않았지만 연주는 가끔 나를 바라보며 피식피식 웃었다. 수희는 이따금 연주 귀에 대고 뭐라 뭐라 속닥거렸다. 그러다 한바탕 크게 웃곤 했다. 아마도 나에 대한 이야기를 하는 것 같았다.

나는 지금 벌어지는 상황이 무엇인지 알 수 있었다. 이건 바로 영화나 뉴스에서만 봤던 '왕따'였다. 주동자가 누구인지는 정확히 알 수 없었지만 아무래도 수희와 아이들은 학교에서 벌어진 사건을 내가 한 짓으로 생각하는 것 같았다. 아마도 연주가 반 아이들에게 바람을 넣었을 것이다. 오해를 풀고 싶었다. 하지만 어제 수희에게 그렇게 당하고, 오늘 교실의 분위기를 보니 이야기를 하기도 쉽지 않을 것 같았다.

이런저런 생각을 하다 보니 갑자기 화가 나기 시작했다. 도대체 내가 무슨 잘못을 저질렀다고 이따위 취급을 받아야 하는 걸까. 단지 수희를 누구나 좋아하는 스타로 만들어 주고, 그 옆에서 친하게 지낸 죄밖에 없었다. 갑자기 수희가 얄밉게 느껴졌다. 잠깐이지만 때리고 싶다는 생각까지 들었다. 하지만 그건 불가능한 일이었다. 수희와 싸우는 건 연주 같은 애와 싸우는 것과는 전혀 달랐다. 수희는 반 아이들뿐 아니라, 교장 선생님을 비롯한 모든 선생님들도 사랑하는 스타였다. 나 같은 아이가 어떻게 해볼 상대가 아니었다. 게다가 내가 여기에서 수희를 때리면, 학교에서 벌어진 사건이 진짜로 내가 한 것처럼 될 것이다. 수희를 질투하다 못해 실제로 때리기까지 하는 못난 친구 현지로 말이다.

지금과 같은 상황에서 내가 할 수 있는 것이 아무것도 없었다. 그것을 깨달은 순간 학교에 있는 것이 바늘방석에 앉아 있는 느낌이었다. 수희와 아이들의 반응이 견디기 힘들 때마다 얼른 눈을 감고 수업이 끝나기만 기다릴 뿐이었다. 아무리 생각해도 여기서 벗어날 수 있는 방법은 어서 빨리 범인이 잡혀 수희가 나에 대한 오해를 푸는 것뿐이었다. 하지만 지난번에 조사하러 왔던 경찰 아저씨로부터 연락이 없는 걸 보면 아직 범인이 누구인지 잘 모르는 모양이었다. 결국 학교가 끝날 때까지 다른 누구와도 이야기하지 못했다.

얼굴에 내려앉는 햇살이 따뜻했다. 어제처럼 바람도 산들거렸다. 날이 바뀌면 좀 괜찮아질 줄 알았는데 마음이 무거운 것은 여전했다. 오늘은 체험 학습 날이었다. 정말 가기 싫었지만 어쩔 수 없었다. 괜히 엄마나 아빠한테 말해서 걱정을 끼치고 싶진 않았다. 조금만 더 참으면 곧 범인이 잡힐 거다. 그러면 언제든지 다시 옛날로 돌아갈 수 있을 거야. 평소보다 조금 일찍 일어나 찬물로 세수를 한 후 엄마가 꺼내 놓은 청바지와 후드티를 입고 집을 나섰다. 가방에는 연습장 한 권과 필통만 넣었다.

선생님이 운동장에서 버스를 타기 전에 교실로 먼저 모이라고 했으니 사물함에 있는 색연필도 넣어 갈 수 있을 거다. 올해도 같은 생태학습장이라고 했으니까 작년처럼 일찍 끝나겠지? 오늘은 집에 와서 그동안 못 잔 잠이나 억지로라도 다 자야겠다고 생각했다. 다행히 책상 서랍에 쪽지는 없었다. 곧 담임이 들어와 주황색 모자를 하나씩 나눠 주었다.

"이건 수희네 어머님이 오늘 학습장 가서 햇볕에 타지 말라고 특별히 맞춰 오신 거야. 다들 진수희에게 박수."

아이들은 환호하며 박수를 쳐 주었다. 환하게 웃는 수희를 보니 헛웃음이 나왔다.

"자, 그럼 십오 분 내로 운동장에서 다시 모인다. 늦으면 때 놓고 그냥 출발할 거니까 알아서들 해."

모두 교실 밖으로 나설 채비를 하느라 분주해졌다. 나도 가방을 메고는 교실 뒤편 사물함 손잡이를 당겼다. 그 순간 손에 끈적끈적한 게 묻더니 손잡이에 쩍 달라붙었다. 나는 있는 힘을 다해 손을 당겼다. 그러자 손잡이에서 투명한 거미줄 같은 게 쭉쭉 늘어났다. 재빨리 휴지를 꺼내 문질렀지만 오히려 손에 휴지가 엉겨 붙어 더 볼썽사납게 되었다. 아마 풀에다가 빨리 마르지 않게 뭘 섞은 것 같았다. 당황해서 고개를 돌려 보니 반 아이들이 거의 나가지 않고 나를 지켜보고 있었다. 나와 눈이 마주친 애들은 애써 고개를 돌렸고, 나머지 애들은 자기들끼리 킥킥거리며 사이좋게 귀엣말을 나누었다. 불행인지 다행인지 그래도 그중에 수희는 보이지 않았다. 아마 수희가 저기서 킥킥대고 있었다면 범인으로 몰리든 말든 당장 뛰어가서 얼굴을 할퀴었을 것 같다.

화장실에서 손을 씻는데 갑자기 눈물이 주르륵 흘러나왔다. 서러웠다. 그때였다. 주머니 속 핸드폰이 부르르 울렸다. 카톡이 온 것 같았다.

－현지야, 나야 윤우. 오늘 너희 학교 앞 놀이터에서 만나자.

만남

"오랜만이야."

"그래. 그때 이후로 첨이네."

윤우와 나는 나란히 놀이터 벤치에 앉았다. 만나자는 윤우의 카톡에 싫다고 할 수 없었다. 학교 안의 누구도 나와 이야기하지 않는데 그나마 나와 이야기하고 싶다는 사람이 있다는 게 고마울 정도였다. 윤우가 가만히 나를 쳐다보다 입을 열었다.

"너, 요즘 왕따당해서 힘들지?"

나는 눈을 커다랗게 뜨고 윤우를 쳐다봤다.

"그걸 네가 어떻게 알아?"

"다 아는 수가 있지. 백현지 너 요새 유명인이야."

"그게 무슨 소리야?"

내가 유명인이라는 윤우에 말에 깜짝 놀랄 수밖에 없었다. 거기다가 왕따를 당하는 것까지 알고 있다니, 엄마 말에 따르면 개가 알 낳을 노릇이었다. 놀란 내 표정에 윤우가 수염 쓰다듬는 흉내를 내며 말을 이었다.

"에헴. 백현지 행동은 다 내 손바닥 위에 있지."

나는 급하게 윤우의 팔을 잡아당겼다.

"놀리지 말고. 너, 어떻게 알았어? 빨리 말해 봐."

내 표정이 심상치 않았는지 윤우가 알았다면서 고개를 끄덕였다.

"그게 말이야, 요새 수희 팬카페에 매일 네 이야기를 올리는 애가 있어."

"뭐? 내 이야기?"

"그래. 닉네임이 '쑤희절친'이라는 애인데, 어느 날부터 갑자기 나타나서 수희 학교 소식을 올리거나, 아무도 모르는 수희 스케줄을 알려 주곤 해서 팬카페에서 인기가 많아."

쑤희라는 말에 나도 모르게 손에 힘이 들어갔다.

"그런데?"

"그 애가 요즘 네가 왕따당하고 있다는 소식도 같이 올리고 있거든."

수희의 인터넷 팬카페에 내 얘기가 퍼져 있다는 윤우의 말에 놀라지 않을 수 없었다. 게다가 그 글을 올리는 닉네임이 '쑤희절친'이라니. 그때 문득 며칠 전에 연주가 '쑤희'라는 별명을 불렀던 기억이 났다. 연주일까? 하지만 아무리 연주가 멍청하다고 해도 학교에서 쑤희라고 부르자마자 팬카페에 '쑤희절친'이라는 이름을 썼을까? 그렇게 금방 걸릴 짓을 할 것 같진 않았다. 어쨌든 지금 중요한 건 그게 아니었다. 인터넷에서 무슨 이야기가 오갔는지 궁금해 꼬치꼬치 물었다.

"걔가 누군지 알아?"

"그걸 내가 어떻게 알아?"

윤우는 양손을 펴고는 어깨를 으쓱해 보였다.

"그런데 걔가 올린 글을 다 믿는 거야?"

"처음에야 아무도 안 믿었지. 그런데 걔가 수희에 대해 알려 준 건 이때까지 틀린 게 하나도 없었거든. 그때 방송국에 가서 널 만난 것도 걔가 올린 스케줄 보고 찾아간 거였어."

나는 믿을 수 없었다.

"그게 진짜야?"

"내가 여기까지 와서 할 일 없이 거짓말하겠어? 진짜로 절친이 아니면 알 수 없는 내용들을 올리더라니까. 그래서 팬카페 애들은 대부분 걔 말을 믿어."

나는 벤치에서 벌떡 일어나 뒤돌아섰다.

"그런데 걔가 왜 내 얘기를 하는 거야?"

윤우는 발끝으로 바닥을 몇 번 차올렸다.

"잘 모르겠지만 너한테 관심이 되게 많은 것 같았어. 물론 좋은 관심은 아닌 것 같아. 그때 포스터에서 눈 도려낸 사건 때도 네가 범인일 것 같다고 그랬거든."

"뭐? 내가 범인이라구?"

"그래. 걔가 백현지 네가 범인이라고 그랬어. 그때는 긴가민가했는데, 두 번째 사건 터지자마자 또 네가 수희를 질투해서 한 일이라고 팬카페에 바로 글을 올렸어. 그때부터 수희도 너 싫어한다고 하면서 게시판 분위기를 이상하게 만들더라고. 거기는 연예부 기자들도 자주 들르는 데거든. 그래서 기사들도 뜬 걸 거야. 하여간 팬카페에서 현지 너는 전보다 더 엄청난 유명 인사가 됐어."

나는 양 주먹을 꽉 쥐고는 이를 악물었다.

"누군지 잡히기만 해 봐. 아주 죽었어."

윤우가 벤치에서 천천히 일어나더니 그런 나를 마주 보

았다.

"그게 다가 아니야. 그 정체 모를 녀석이 네가 왕따당하는 거 거의 생중계하다시피 게시판에 올리고 있어. 학교에서 쉬는 시간마다 핸드폰으로 글 올리는 것 같아."

"그건 쑤희절친이 우리 학교 애란 소리잖아. 우리 학교가 아니면 어떻게 그렇게 잘 알겠어!"

나도 모르게 소리를 질렀다. 너무 힘을 주고 있었던 걸까. 손끝까지 찌릿찌릿 저려 왔다. 어이가 없었다. 이미 인터넷에선 범인이 되어 있다니……. 윤우의 말을 듣고 보니 이제야 나를 둘러싼 일들이 이해가 되었다. 분명 나와 수희를 잘 아는 누군가가 사건을 조작한 후에, 나를 범인으로 몰아넣은 것이다. 수희가 나를 차갑게 대한 것도, 나에게 소리친 것도 이해가 되었다. 팬카페의 '쑤희절친'이라는 녀석이 중간에서 이간질을 해 수희가 오해하게 만든 것이 틀림없다.

지금부터 내가 할 일은 확실해졌다. 바로 '쑤희절친'이 누구인지를 알아내는 것이다. 그것만 밝혀낸다면 나와 수희는 다시 원래대로 돌아갈 수 있을 거고 왕따도 해결될 것이 분명하다. 쉬는 시간마다 글을 올리는 녀석이라면 분명히 우리 반 애겠지? 그렇다면 못 찾을 것도 없다. 어쩌면 오해가 풀린 수희와 나는 전보다 더 사이가 좋아질지도 모른다. 그런 생각을 하다 보니 벌써부터 문제가 다 해결된 기분이 들었다. 윤우가 고마웠다. 윤우가 아니었다면 바보 같은 나는, 내가 왜 왕따를 당하는지 계속 몰랐겠지. 고맙다는 인사를 하려는데 그때서야 좀 이상한 기분이 들었다. 윤우가 전에 봤을 때와는 뭔가 다른 것 같았기 때문이다.

"너, 어딘가 좀 다르다."

나는 고개를 갸웃거리며 머리를 긁적였다.

"그래? 뭐가 다른데?"

윤우는 가늘고 긴 눈을 치켜떴다.

"아니. 처음 만났을 땐 우리 수희, 우리 수희 하면서 수희 이야기만 했잖아. 그런데 지금은 좀 시큰둥한 것 같아서 말이야."

"아! 진수희 걔? 나 이제 별로 관심 없어. 자세히 보니 별로 예쁜 것 같지도 않고 말이야."

윤우는 시시하다는 듯 도톰한 입술을 삐죽 내밀었다.

"뭐야! 사람 마음이 그렇게 쉽게 변해도 되는 거야? 그리고 관심 없다면서 수희 팬카페에는 왜 갔는데?"

나는 아까보다 더 크게 고개를 갸웃거렸다.

"그거야 내 맘이지. 네가 왜 참견이냐? 그리고 거기에는 수희 이야기뿐 아니라 네 이야기도 있거든."

"내 이야기가 있는 게 왜?"

"어이구, 이 멍청이. 됐다, 됐어. 하여간 너 앞으로 어떻게 할 거야?"

윤우는 답답한지 양손을 내저으며 고개를 도리도리 흔들더니 이야기를 다른 방향으로 돌렸다.

"뭘?"

"왕따 말이야, 왕따! 지금 엄청 힘들 거 아냐."

윤우가 꺼낸 왕따란 말에 잠시 잊고 있던 일들이 다시 떠올랐다.

"설마 날 두들겨 패기야 하겠어? 범인만 찾으면 곧 그만두지 않을까?"

나는 방금까지의 좋은 기분을 잃고 싶지 않아 애써 웃으며 식은땀을 닦아 냈다.

"넌 참 긍정적이구나. 애들이 얼마나 황당한 이유로 왕따를 시작하는지 알면 기절하겠다."

억지로라도 웃고 싶은 내 속도 모르는지 윤우는 마른기침을 몇 번 하더니 기지개를 있는 대로 쭉 켜고는 이야기를 계속했다.

"우리 할아버지네 가면 강아지를 다섯 마리나 키우거든. 그런데 그 강아지들도 자기보다 만만해 보이면 막 짖고 괴롭힌다. 사람한테건 자기들끼리건 똑같아. 자기보다 힘없는 것에 대한 이해와 배려 같은 건 눈곱만큼도 없어. 애들이라고 뭐 다를 거 같냐?"

나는 눈썹을 찌푸리며 팔짱을 꼈다.

"말도 안 돼! 그럼 네 말은 사람이 개랑 같단 말이야?"

"누가 같다 그랬어? 물론 다 그러진 않지. 그런데 참 이상하더라. 한 명이 처음 분위기를 만들어서 몰고 나가면 다른 애들은 별 생각 없이 따라가더라고. 그러니까 왕따 당하는 애도 왕따시키는 대부분의 아이들도 자기가 왜 그런 일을 당하고, 하는지를 잘 몰라. 처음 왕따를 주동했던 애만 잘 알고 있지. 그 애도 뭐 대단한 이유가 있어서 그런 건 아닐걸. 그냥 단지 남들보다 몸이 작거나 냄새가 좀 난다는 이유, 아니 그것보다 더 사소한 이유로 자기 마음에 안 드니까 왕따를 시키는 거야."

지금 내 옆의 윤우가 낯설게 느껴졌다. 이 남자애가 정말 수희를 보기 위해 학원까지 빼먹고 방송국에 왔던 그 애가 맞는 걸까?

"네 말을 듣고 있으니까 다 맞는 거 같잖아. 넌 어떻게 그런 걸 다 알아?”

“글쎄다. 천재라서 그런 거 아닐까?”

윤우가 양 입꼬리를 올리며 씩 웃었다.

“천재 다 유학 갔냐? 어쨌든 지금 넌 너무 어른 같아서 속에 뭐가 있는지 모르겠어.”

나는 팔짱을 낀 채로 고개를 흔들었다.

“너나 나나 같은 중학생인데 비슷한 것 들었겠지. 별다른 게 있겠냐? 하여튼 내가 하고 싶은 말은 이거야. 지금 네 상황은 정말 안 좋다는 거. 진수희도 다른 애들이랑 똑같지?”

나는 고개를 크게 끄덕거렸다.

“그 말은 네 편을 들어 줄 친구가 하나도 없다는 거네. 경찰이나 선생님은 학교에서 일어난 일들이 네가 한 거라고 의심하고 있잖아. 솔직히 너를 교무실로 불러내지만 않았어도 일이 이렇게까지 커지는 않았을 거야. 그걸 보고는 연주라는 애가 신나서 애들을 선동하는 거 같아. 때는 지금이다 싶어서 말이야. 빨리 범인이 잡혀야 누명을 벗을 텐데, 경찰들 하는 걸 봐서는 쉽게 잡힐 거 같지도 않다.”

윤우가 다시 벤치에 앉더니 양팔에 턱을 괴었다.

“그럼 나는 어떡해?”

나는 주눅 든 강아지처럼 물었다.

"어떡하긴, 우리가 범인을 잡아야지."

나는 펄쩍 뛰며 윤우를 쳐다봤다.

"우리가 경찰이냐? 어떻게 범인을 잡아!"

"얘는 농담하고 진담도 구분 못 해. 당연히 농담이지."

윤우가 또 눈꼬리를 축 내리고는 헤헤 웃었다. 나는 그런 도윤우가 한 백 살은 먹은 너구리 같다는 생각이 들었다.

"그런데 진짜 너 대단하다."

"뭐가?"

윤우가 나를 말똥말똥 바라보았다.

"아무리 팬카페에 글이 많이 올라왔다고 해도, 이렇게까지 나랑 우리 반 상황을 잘 알고 있는 게 놀라워서. 혹시 다른 이유가 따로 있는 거 아냐?"

내 말이 끝나자마자 방금 전과는 어울리지 않게 윤우의 얼굴이 옅은 분홍빛으로 물들었다.

"아니. 그런 건 아니고 그저 좀 흥미가 생겨서 그래. 게다가 너희 학교에 다니는 애 중에 내 친구도 있거든."

왠지 그런 윤우를 보니 장난기가 발동했다.

"그 애가 누군데?"

윤우는 아까보다 더 얼굴을 붉히더니 대답할 말을 찾지

못해 끙끙거렸다.

"아무리 봐도 수상해. 수희는 이제 별로라면서, 혹시 너나 좋아하는 거 아냐?"

나는 양 콧구멍에 힘을 잔뜩 주고 물었다.

"과, 관심은 무슨, 너한테 관심을 갖느니 개, 개구리 콧구멍에 관심을 갖겠다."

생각보다 격한 반응이었다. 윤우는 얼굴이 새빨개져서 말까지 더듬거리며 벌떡 일어났다. 장난이 너무 심했나 싶어 바로 입을 다물었다. 그런데 나한테 화를 낼 줄 알았던 윤우가 한참 허공을 바라보더니 입을 열었다.

"나 때문이야."

"응?"

생각지도 않았던 말이었다.

"나 때문이었어."

다른 건 몰라도 지금 윤우가 장난스럽지 않다는 것은 금방 알 수 있었다. 가볍게 올렸던 손을 가만히 무릎에 내려놓고 윤우를 보았다. 하얀 얼굴이 더 하얗게 돼서 입술이 바싹 말라 있었다.

"이런 얘기 남한테는 처음 하는 거야. 5학년 때부터 줄곧 난 왕따였어. 지금 다니는 학교로 전학 오기 전까지 말이야. 전에 다니던 곳은 초등학교에서 중학교, 고등학교까지 붙어 있어서 초등학교를 졸업하면 대부분 같은 중학교로 입학했어. 그래서 초등학교 때 왕따를 당하면 중학교까지 이어졌지.

처음엔 그렇게 심하지 않았어. 몇 명 정도만 좀 심한 말을 하는 정도였지. 그런대로 견딜 만했어. 그래서 공부도 더 열심히 하고 더 착하게 굴면 걔들도 오해를 풀 거라고 생각했지. 그런데 그게 더 아이들의 눈 밖에 나게 했나 봐. 교내 영어 경시대회에서 1등을 한 이후로 걔들은 작정이나 한 것처럼 반 아이들까지 끌어들여 날 괴롭히기 시작했어. 그래도 남은 학기를 또 꾹 참았어. 새로 학년이 올라가면 다 좋아질 거라고 생각했거든. 그런데 그건 정말로 착각이었어. 하필이면 왕따를 주동했던 애가 6학년 때 같은 반이 된 거야. 걔는 금방 다른 아이들까지 끌어들여 5학년 때보다 더 심하게 왕따를 시키기 시작하더라. 이미 왕따인 게 소문이 나서 중학교에 가서도 쭉 왕따 신세였지.

현지 네가 당했던 일들, 그거 이미 내가 옛날에 지겨울 정도로 당했던 일들이야. 아니, 지금까지 네가 당한 거는 내가 당했던 거에 비하면 새 발의 피야. 앞으로 얼마나 더 심한 일들이 너를 기다리고 있는지 넌 몰랐으면 좋겠다는 생각이 들었어. 그래서 너한테 관심을 가지게 된 거야. 넌 나를 도와주려고 했던 아이니까."

윤우의 눈이 조금 충혈되어 있었다. 처음 윤우를 만났을 때가 떠올랐다. 다른 팬덤 애들과 싸웠을 때 윤우가 그랬다. 아주 나쁜 애들에게 당한 후로는 또다시 그런 일을 겪지 않기로 다짐했다고 말이다. 그 말이 있는 힘을 다해 꽉 쥔 주먹처럼 단단하고 아프게 느껴졌는데 이제야 그 속에 담긴 의미가 이해되었다. 윤우가 지금 나에게 잘해 주는 이유를 조금은 알 것 같았다. 아이들에게 당하는 나에 대해 읽으면서 자신의 모습이 계속 겹쳐 보였을 거다.

"미안해. 나 때문에 아픈 기억이 생각났겠구나. 그냥 모른 척하지 그랬어."

"아니. 알면서도 모른 척할 수는 없었어. 너도 방송국에서 나를 모른 척하지 않았잖아."

아무리 그래도 이렇게까지 따로 만나서 신경 써 주는 게 쉽게 이해되진 않았다. 그리고 윤우가 수희를 생각하는 마음이 식어 버린 것도 이상했다.

"그래도 난 네가 좀 이해가 안 돼. 그때 잠깐 본 걸로 굳이 우리 동네까지 와서 일부러 이런 얘기를 해 주는 네가 말이야. 그리고 너는 수희 팬이잖아. 그럼 다른 팬들처럼 내가 의심스럽지 않니? 어떻게 나를 믿어?"

윤우는 어깨가 축 처진 내 옆으로 조금 더 가까이 다가와 앉았다.

"아마 작년 봄이었을 거야. 너와 수희에 대한 기사가 인터넷 신문에 났었어. '스타의 단짝'이라는 코너였는데, 수희는 너에 대해 이야기하고 너는 수희에 대해 이야기하는 방식이었지. 거기서 너흰 둘 다 정말 멋졌어. 아기 때부터 한동네서 자라 가족처럼 지내기가 쉽지는 않잖아. 가까운 사람이 잘되면 질투하는 게 대부분인데, 넌 정말 수희를 자랑스러워하더라. 그 기사에 네 뒷모습만 나온 게 너무 안타까울 정도였어. 수희도 마찬가지였지. 스타가 됐다고 잘난 척하면서 다른 연예인 아이들하고만 친하게 지내는 게 아니라 너와 계속 친하게 지냈잖아.

난 그 당시에 정말 엉망진창이었어. 학교 아이들에게 상처 입은 후로 아무도 믿고 싶지 않았거든. 그런데 그런 너흴 보니까 힘이 생기더라고. 나도 새로 시작할 수 있다는 희망 같은 게 보였어. 그래서 전학을 결심했지. 그리고 수희 팬카페에 가입했어. 방송국에서 네 이름을 들었을 때 난 정말 너무 반가워서 널 껴안을 뻔했다니까. 하지만 내가 갖고 있던 수희에 대한 환상도 그날로 끝이었어. 내가 수희를 좋아했던 건 그 애가 연기를 잘하거나 얼굴이 예뻐서가 아니었으니까. 그날 너에게 하는 걸 보고는 정이 뚝 떨어져 버렸어.”

윤우가 말한 그 인터뷰는 나도 기억에 많이 남는 일이었다. 그날은 동네 입구에 있던 나무에 벚꽃이 활짝 피었었고 우리는 꽃향기에 감싸여 벚나무 옆 슈퍼에서 아이스크림을 사 먹었다. 마음이 욱신욱신 아파 왔다. 엄마는 가끔 마음이 찢어지게 아프다고 했었다. 난 그게 어떤 느낌인지 전혀 몰랐다. 하지만 지금 이 느낌이 아마 그 느낌이 아닐까 하는 생각이 들었다.

“그랬었구나. 그럼 네가 날 도와주는 건 한때나마 네게 희망을 준 게 고마워서야? 아니면 희망을 되살리고 싶어서?”

진지한 내 물음에 윤우가 픽 웃었다.

“뭐가 그리 거창하냐? 아까도 말했잖아. 그날 네가 날 도와줘서라고. 거기에 한 가지를 더한다면…… 넌 변하지 않았잖아.”

나는 고개를 돌려 윤우에게 물었다.

“그게 무슨 소리야?”

“수희는 변했지만 넌 하나도 변하지 않았잖아. 넌 지금도 범인만 잡으면 수희와 화해할 수 있다고 생각하겠지? 정확히 말하면 난 아직 완전히 실망하지 않았어. 반만 실망한 거라고, 너는 그대로니까. 아까 널 어떻게 믿느냐고 했지? 난 그 인터뷰와 똑같은 모습인 널 믿을 수밖에 없어.”

“그럼 내가 수희를 버리면…… 나도 안 보겠구나.”

윤우가 고개를 흔들었다.

“그건 아니야. 무조건 네가 희생하는 건 잘못된 거지. 여기까지면 충분해. 앞으로 네가 수희를 미워해도 난 그럴 수 있다고 생각해. 지금까지 네가 보여 준 모습이면 내가 너를 도와줄 만한 충분한 이유가 돼.”

아팠던 마음이 조금씩 풀어지는 듯했다.

“고마워.”

내가 할 수 있는 말은 고작 그 한마디였다.

“그건 그렇고 앞으로가 걱정이다.”

윤우가 나를 보며 한숨을 쉬듯 말했다.

“너무 걱정하지는 마. 이번 사건만 해결되면 누명도 벗을 거고 애들 오해도 풀릴 거야. 그러면 나한테 미안한 생각이 든 아이들이 사과도 하겠지!”

윤우의 기분을 풀어 주기 위해 애써 밝은 표정으로 이야기했다. 하지만 윤우는 방금 전보다 더 어두운 얼굴로 나를 바라보았다.

"물론 누명을 벗는 것도 중요하지. 하지만 네 누명이 벗겨졌다고 쳐. 그럼 아이들이 진짜 달라질까? 이때까지 한통속이 돼서 아직 밝혀지지도 않은 사건의 범인으로 널 몰고 갔던 아이들이?"

윤우가 답답한 듯 점퍼를 벗더니 다시 말을 이어 갔다.

"네가 누명을 벗으면 아이들은 자신들이 한 짓이 잘못이라는 걸 다 인정해야 돼. 당연히 너한테 사과도 해야 하고, 자신의 잘못을 부끄러워해야 하지. 그게 맞는 얘기야. 하지만 지금 네가 잘못해서 왕따당하는 게 아닌 것처럼 네가 누명을 벗어도 아이들은 자신의 잘못을 덮기 위해서 다른 어떤 이유를 만들어 낼지도 몰라. 말이 안 되는 거 같지? 하지만 슬프게도 가능해. 왜냐하면 너는 혼자지만 걔들은 수십 명이니까."

그 말을 듣는 순간 다리에서 힘이 쏙 빠졌다. 나는 다리가 부서진 허수아비처럼 일어서려다 풀썩 주저앉아 버렸다.

"그, 그럼 어떻게 해? 그냥 졸업할 때까지 참고 견디면 돼?"

"그 전에 넌 망가져 버릴걸."

윤우가 슬픈 목소리로 대답했다.

"그럼 나보고 어떻게 하라고?"

나는 아이들의 발길질에 몇 대 맞은 강아지처럼 몸을 움츠렸다.

"범인을 찾는 건 찾는 거고, 왕따는 왕따야. 그러니까 넌 왕따와 싸워서 이겨야 해!"

"싸워서 이겨?"

나는 고개를 들고 윤우를 쳐다보았다. 윤우가 까만 눈동자를 반짝거리며 고개를 끄덕였다.

"응, 넌 이겨야 해. 그래야 이 끔찍한 상황에서 벗어날 수 있어."

"내, 내가 어떻게 이겨? 지금도 간신히 버티고 있는걸."

"지금까지는 무조건 당하고 참기만 했지만 이제부터는 네가 먼저 공격하면 돼. 그래서 상대의 허를 찌르는 거야. 이 일에는 분명 주동자가 있어. 갑자기 반 애들이 이렇게 단결될 수는 없으니까. 한 명이 조종하고 있는 거야. 걔를 찾아야 해. 그리고 이번 사건도 내가 보기에는 뭔가가 분명히 있어. 이 일이 벌어지고 유독 너한테 모든 시선이 집중됐어. 그러니까 경찰만 믿고 기다릴 게 아니라 우리도 따로 알아봐야 해. 어쩌면 왕따를 시키는 주동자가 이번 사건과 깊게 연결돼 있을지도 몰라."

바람이 뜨거워진 내 얼굴과 윤우의 머리카락을 스치며 지나갔다. 윤우의 따뜻한 눈빛 덕분에 마음속에서 용기가 가지를 쑥쑥 뻗어 올리며 자라나는 기분이었다.

"정말 할 수 있을까? 이렇게 당하는 걸로도 힘들어서 쩔쩔매는 내가?"

"내가 생각하는 넌 할 수 있어."

선명하고 뜨거운 불꽃같이 확신에 찬 대답이었다.

저항

아침이 됐다. 자고 일어나니 어제 일이 생각났다. 마치 꿈속의 일 같기도 했지만 윤우의 목소리는 생생했다. 윤우의 얘기가 나에게 용기를 주었지만 학교에 가기 싫은 마음은 어찌할 수 없었다.

억지로 가방을 메고 집을 나섰다. 교문 앞에는 무언가 기삿거리를 찾으려는 듯 몇몇 기자들이 진을 치고 있었다. 나는 아예 뒷문으로 돌아가 몰래 담을 넘었다. 지은 죄가 없으면 떳떳하다는 것도 다 거짓말이었다. 사람들이 날 의심하고 손가락질하는 것만으로도 난 충분히 창피했다.

계단을 오르는데 가파른 언덕을 걷는 것보다도 더 힘이 들었다. 교실 문을 열고 자리로 들어갔다. 신기했다. 어제까지 나를 없는 사람으로 취급하던 아이들이 모두 나를 쳐다보고 있었다. 반 애들이 모두 생각을 고쳐먹고 다시 친하게 지내기로 한 건가? 하지만 그건 내 착각이었다. 아이들은 나를 친구로 보는 것이 아니었다. 마치 동물원에 있는 원숭이를 보듯 곧 벌어질 재미있는 일을 기다리는 눈빛이었다.

나는 곧 이유를 알 수 있었다. 내가 앉아야 할 곳엔 책상도 의자도 아무것도 없었다. 줄을 맞춰 늘어선 책상들 사이로 구멍이 뻥 뚫린 것 같았다. 아이들은 기대에 부푼 눈초리로 내가 어떻게 할지 지켜보고 있었다. 혹시나 해서 나는 수희의 자리를 쳐다보았다. 하지만 수희는 귀에 헤드폰을 걸친 채 아무 일도 없다는 듯이 별 반응을 보이지 않았다.

나는 그대로 교실 밖으로 나가 복도 창가를 서성였다. 다른 반 아이들이 힐끔힐끔 한 번씩 나를 쳐다보았다. 뭐라고 하는 것도 아닌데 고개를 들 수 없었다. 그렇다고 뒤돌아서 있을 수도 없었다. 교실 창문으로 반 아이들과 눈이 마주칠까 봐 더 두려웠다. 어찌할 바를 몰라 한참을 서 있다 아이들의 눈을 피해 화장실로 들어갔다. 그리고 화장실 구석에서 교실에 있어야 할 내 책상과 의자를 찾을 수 있었다. 책상과 의자엔 새빨간 낙서가 가득했다.

'범죄자! 꺼져 버려!'

'넌 생긴 거부터 재수 없어.'

'감옥 가면 무기징역 확정'

별별 험한 말이 다 쓰여 있었다. 발바닥에서 불이 나는 거 같았다. 목이 바싹바싹 타들어 갔다. 이대로 학교를 뛰쳐나가 집으로 가고 싶었다. 하지만 어제 윤우와의 대화가 떠올랐다. 이대로 집에 간다고 해서 해결되는 건 아무것도 없었다.

'그래. 도망가서는 안 돼.'

나는 심호흡을 한 후 책상과 의자를 들고 교실로 들어갔다. 최대한 티를 내지 않으려 노력하며 자리를 정돈했다. 자리에 앉은 후 가방에서 책을 꺼내 책상 서랍 안에 넣는데 안에 뭔가가 있었다. 나는 또 풀 같은 게 묻을까 봐 조심스럽게 손을 집어넣어 그것을 꺼냈다. 저번 체험 학습 때 찍은 단체 사진이었다. 수희는 사진 한가운데에 나는 맨 뒷줄 구석에 서 있었다. 내 모습은 다른 애들과 달랐다. 눈은 뻥 뚫려 있었고, 몸통에는 낙서가 가득했다. 그리고 그 옆에는 이렇게 쓰여 있었다.

'은혜도 모르는 범죄자의 얼굴!'

마음을 가다듬고 진정하려 했지만 도저히 참을 수 없었다. 사진을 가만히 들여다보고 또 들여다봤다. 얼굴이 뜨거워지고 눈가가 젖어들면서 커다란 사진 위로 눈물이 뚝뚝 떨어졌다. 그 모습을 본 아이들은 기다렸다는 듯이 키득거리며 속삭이기 시작했다. 나는 사진을 책상 위에 올려두고는 가방을 챙겨 자리에서 일어섰다. 그리고 들어왔을 때보다 더 조용히 교실 뒷문으로 걸어갔다. 등 뒤로 아이들의 웃음소리가 들려왔다. 그런데 갑자기 연주가 내 쪽으로 다가오더니 문 앞을 막아섰다.

"백현지! 수업 금방 시작할 텐데 어딜 그리 급하게 가시나?"

연주는 한쪽 입꼬리를 추켜올리고는 실실 비웃음을 흘렸다. 이죽대는 그 얼굴을 보자 서글프던 마음이 순식간에 화로 바뀌었다. 그 사건 이후 수희와 내 사이가 틀어진 것도 연주 때문인 것 같았다. 어쩌면 반에서 왕따를 주도하는 게 저 애 아닐까 싶었다. 생각해 보면 연주는 계속해서 학교, 아니 지금 한국에서 제일 인기 있는 학생인 수희 옆자리를 탐내고 있었던 것 같다. 하지만 아무런 증거가 없었다. 나는 연주의 물음에 대답하지 않고 자리를 피하기로 했다. 하지만 연주의 다음 말에 더는 참을 수가 없었다.

"어이, 범죄자. 왜, 자기 발로 감옥 가려고?"

"아니. 네 몸에서 썩은 내가 나는 거 같아서 말이야. 겉은 깔끔해 보이는데, 왜 그럴까? 속이 완전히 썩어서 씻는 것 갖고는 소용없는 것 아니니?"

그냥 지기 싫어서 억지로 던진 말이었다. 하지만 그 말이 효과가 있었던 걸까. 연주의 얼굴에서 웃음이 사라졌다. 게다가 교실 여기저기서 웃음을 참는 소리가 새어 나왔다. 연주는 얼굴뿐 아니라 두 귀까지 빨개졌다.

"이게 진짜. 야! 백현지! 너야말로 썩은 냄새 나."

연주의 입술이 바르르 떨렸다.

"김연주! 너, 원숭이냐? 아니, 앵무새라고 해야 하나? 따라 할 게 없어서 금방 내가 한 말을 따라 하네? 하긴 생긴 것도 원숭이처럼 생겼으니 머리 수준도 그 정도겠지."

마침내 교실에서 큰 웃음소리가 터졌다. 연주의 얼굴이 붉으락푸르락해졌다.

"이게 정말 죽으려고. 입만 살아서 나불거리면 다야?"

"너, 사람 죽이면 범죄자 되는 거 몰라? 알고 보니 네가 진짜 범죄자구나?"

작정하고 시비를 거는 연주에게 나는 지고 싶지 않았다. 오히려 비웃기까지 해 가며 따지고 들었다.

"완전 간땡이가 부었어! 어디서 말대꾸하고 난리야. 지금까지 수희 때문에 봐줬더니 아주 겁대가리를 상실했냐?"

연주는 이제 애들이 듣건 말건 되는 대로 막말을 뱉어 냈다.

"그래, 그렇게 봐줘서 지금 나한테 이러는 거야? 수희한테 가서 똥개처럼 꼬리나 살랑살랑 흔들지그래."

"정말, 이게 진짜!"

"연주야, 좀 그만해. 애들이 다 듣잖아."

주위의 시선 때문인지 수진이가 급하게 말렸다. 하지만 연주는 들은 척도 하지 않았다. 열을 삭히지 못하고 욕을 퍼부어 댔다.

"왕따 주제에 이게 어디서 대들어? 너 같은 건 두 번 다시 덤비지 못하게 짓이겨 버려야 해. 한 달 안에 스스로 전학 가게 만들어 줄 테니까 두고 봐!"

"해 볼 수 있으면 해 봐. 말로만 해 대지 말고."

분을 참지 못한 연주가 입술을 깨물더니 있는 힘껏 따귀를 갈겼다. 그러고는 내 머리채를 잡고 흔들기 시작했다. 하지만 나 역시 가만히 있지 않았다. 마음속에 고여 있던 분노가 폭발했다. 어느새 연주와 나는 한 덩어리로 붙어서 교실 바닥을 뒹굴었다. 연주도 독이 올라 있었지만 나 역시 발끝까지 화가 번져 있었다.

나는 있는 힘을 다해 연주의 배 위로 올라탔다. 연주는 내 밑에서 빠져나가기 위해 버둥거렸지만 내 손힘을 이겨 낼 수 없었다. 막 싸움이 결판나려는 그때, 나는 등에 강한 통증을 느끼고 넘어질 수밖에 없었다. 수진이가 내 등을 발로 찼기 때문이었다. 그와 동시에 연주와 수진이, 둘이 서 함께 나를 때리기 시작했다. 얼굴과 몸통으로 손과 발 이 마구 날아들었다. 눈에서 불이 번쩍했다.

본능적으로 조금이라도 덜 맞으려고 몸을 웅크렸다. 나 는 쭈그려 엎드린 채로 두 명의 발길질을 다 견뎌야 했다. 아무도 연주와 수진이를 말리지 않았다. 그저 재미있는 서 커스를 보듯 구경만 할 뿐이었다. 이를 악다물다 입술을 씹었는지 입안이 짭짤했다. 비릿한 피 냄새가 스멀스멀 올 라왔다. 아팠다. 너무 아파서 견디기 힘들었다. 하지만 정 확히 알 수 없었다. 지금 아픈 게 마음인지 몸인지……. 나 는 양팔로 머리를 감싸 안았다. 그러고는 고개를 돌려 수 희를 바라보았다. 지금 이 상황을 말릴 수 있는 사람은 수 희밖에 없었다. 나는 간절한 눈으로 수희를 보며 눈물을 흘렸다. 아이들이 주먹과 발길을 내리꽂는 동안 수희는 이 쪽을 한 번도 보지 않았다. 헤드폰을 끼고 창밖을 쳐다보고만 있었다. 그냥 엎드려 용서를 빌고 싶었다. 내가 잘못한 건 없지만 그냥 잘못했다고 빌고 싶었다.

그때였다. 수희가 헤드폰을 벗더니 고개를 천천히 돌려 나를 바라보았다. 나는 곧 수희가 말려 줄 거라 기대했다. 아무리 내가 나쁜 짓을 해서 밉다고 하더라도, 내가 아는 수희라면 반드시 말릴 아이이기 때문이다. 하지만 수희는 나를 보며 웃었다. 그때 내 마음속에서 어떤 연결 고리 같은 것이 끊겼다. 그 순간 아픔이 지배하던 자리에 분노가 들어섰다. 나는 있는 힘을 다해 고개를 들었다. 그리고 손을 뻗었다. 맞으면서도 기어이 연주의 발목을 잡아당겨 물어뜯었다.

"아아아, 아아아—악!"

연주가 있는 대로 크게 소리를 질렀다. 짐승 같은 울부짖음이었다. 연주는 어떻게든 달아나려 애썼지만 나는 물고 있는 발목을 절대 놔주지 않았다. 연주는 너무 아픈지 불에 덴 개처럼 소리를 질렀다.

"야! 백현지, 어서 못 놔! 얼른 놔! 이거 놓으란 말이야. 제발 좀 놔줘."

연주는 소리를 지르다, 욕을 하다, 나중에는 울먹거리는 소리로 애걸을 했다. 나에게 주먹질을 하던 수진이도 연주의 비명 소리에 주먹질을 멈추고 나를 연주에게서 떼어 놓으려 했다. 하지만 조금만 움직여도 연주가 괴성을 질러 함부로 건드리지도 못했다. 얼마쯤 지났을까. 연주는 대성 통곡을 하기 시작했다.

"현지야! 미안해. 잘못했어. 제발 좀 놔줘."

나는 그때서야 물고 있던 연주의 발목을 놔주었다. 나는 땀에 흠뻑 젖은 머리카락을 뒤로 넘기며 천천히 일어섰다. 입가에 묻은 게 연주의 피인지 내 피인지 알 수 없었다. 연주는 숨을 쌕쌕거리며 훌쩍댔다. 수진이도 옆에서 겁에 질린 표정으로 나를 쳐다봤다. 환호성을 지르며 구경하던 아이들도 모두 조용해졌다. 심지어 수희마저도 나를 똑바로 쳐다보지 못했다. 그 모습들에서 나는 내가 소중하게 여기던 무언가를 지켰다는 것을 알 수 있었다.

"내가 왕따라고? 그래, 한번 시켜 봐. 나는 아무런 잘못도 저지르지 않았으니까. 너희 따위한테는 죽어도 안 질 테니까."

교실은 조용했다. 다들 그저 숨죽이고 있을 뿐이었다. 나는 입가에 흐르는 피를 닦지도 않은 채 아이들 사이를 지나 밖으로 나갔다. 화장실에 가서 얼굴을 씻었다. 입술이 터지고 얼굴 여기저기가 상처투성이였다. 세면기 안에

침을 뱉으니 빨간 피가 섞여 나왔다. 아프면서도 하나도 아프지 않다니 신기한 일이었다. 부은 것도 멍도 하나도 눈에 들어오지 않았다.

잠시 후, 교실로 들어가니 담임이 기다리고 있었다. 연주는 양호실에 갔는지 자리에 없었다. 담임은 나를 데리고 교무실로 갔다.

"현지야, 너 연주랑 싸웠니?"

"네."

"왜 그랬어? 선생님이 싸우지 말고 친하게 지내라고 했잖아."

"연주랑 애들이 저를 왕따시키려고 해서 그런 거예요. 전 잘못 없어요."

"그래? 그거 큰일이구나. 하여간 연주는 크게 다치지는 않은 것 같으니까 그나마 다행이야."

이상했다. 담임은 놀란 듯한 말투였지만, 표정은 전혀 놀라지 않은 것 같았다. 하긴 내가 왕따당하는 걸 몰랐을 리가 없지. 담임은 말없이 나를 보며 안쓰러운 표정을 지었다. 그러더니 내 손을 가만히 잡았다. 담임의 손은 따뜻했다. 나는 그 따뜻함에 기대 입에서 나오는 대로 주절거렸다.

"선생님, 저 진짜 수희 사진에 낙서하지도 않았고 교장
실에 들어가지도 않았어요."

나는 울먹거리는 소리로 계속 억울하다고 했다.

"그래, 현지야. 나도 네가 하지 않은 걸 알아. 하지만 선
생님 생각에는 말이다, 이렇게 학교 안에서 의심받고 괴로
울 바에야 네가 전학이라도 가면 어떨까 싶어. 범인이 잡
히면 누명을 벗겠지만 지금 같아선 그것도 쉽지 않아 보
이고. 지금 반에서도 꽤나 괴롭힘을 당하는 것 같은데, 그
렇게 참고만 있지 말고 그냥 속 편하게 전학을 가서 새로
시작하는 게 어떠니?"

내 손을 잡은 담임의 두 손이 가늘게 떨렸다. 갑자기 전
학이라니 이해가 되지 않았다. 아무런 잘못도 하지 않았는
데 내가 피해야 한다니. 도저히 그럴 수는 없었다. 만일 어
제 윤우를 만나지 않았다면 나는 담임의 말을 따랐을지도
모르겠다. 하지만 지금은 피하고 싶지 않았다. 나는 담임
의 손에서 내 손을 빼며 고개를 들고 또박또박 말했다.

"선생님, 저는 전학 같은 거 안 가요. 지금 전학 가면 당
장은 편하겠죠. 하지만 평생 이 일에서 못 벗어날 거예요.
아마도 어른이 돼서도 계속 기억나겠죠. 그러니까 꼭 여기

서 견뎌 내고 누명도 벗어야 해요. 선생님이 왜 지금 저에게 전학 가라고 하는지는 모르겠지만 분명히 저를 걱정해서 하시는 말인 건 믿어요."

나는 담임의 눈을 바라보며 천천히 내 마음을 전했다. 담임은 그런 내 눈빛이 부담스러웠는지 나를 쳐다보지 못한 채로 고개를 끄덕이며 이만 가 보라고 했다. 나는 담임의 등에 대고 꾸벅 인사를 한 다음 교무실을 나섰다.

추리

학원 앞 신호등에서 윤우가 기다리고 있었다. 정확히 다섯 시 삼십 분이었다. 윤우와 함께 가로수 길을 지나 조그만 공원에 들어왔다. 우리는 공원 안 분수대 위에 걸터 앉았다.

"여기 한여름에 오면 굉장히 예쁘다. 완전 짱이야! 물이 사방으로 퍼져서 가까이 가면 얼마나 시원한지 몰라."

나는 양 엄지손가락을 한꺼번에 치켜들었다.

"그래? 그럼 그때 한번 와 봐야겠다."

"그건 그렇고, 이제 나를 부른 이유에 대해서 말해 봐."

"백현지! 너, 정말 대단하던데?"

윤우가 박수를 치며 나를 바라보았다.

"뭐가?"

나는 영문을 알 수 없었다.

"시치미 떼긴. 이미 다 알고 있어. 너, 연주라는 애랑 싸워서 이겼다며? 그래서 얼굴이 그렇게 부어오른 거니?"

나는 잽싸게 얼굴을 가리며 물었다.

"어! 그걸 네가 어떻게 알아? 또 게시판에 글 올라왔어?"

오늘 있었던 일을 벌써 윤우가 자세히 알고 있다는 게 놀라웠다. 인터넷에 올라올 줄은 알고 있었지만 설마 이렇게까지 빨리 올라올 줄은 몰랐다.

"그래. 그래서 그거 보고 너한테 만나자고 연락한 거야."

"누군데? 또 쑤희절친인가 걔야?"

"응. 이번에는 아주 신이 나서 올렸더라. 연주라는 녀석 발을 물어 버리는 네가 마치 짐승 같았다고 하면서 말이야."

윤우의 입에서 짐승 같다는 말이 나오자마자 아까 기억이 떠올라 찢어진 입술이 더 화끈거렸다. 창피한 마음에 얼른 말을 돌렸다.

"걘 도대체 누군데 나한테 그렇게 관심이 많은 거지?

진짜 연준가?"

윤우가 고개를 좌우로 흔들었다.

"아닐걸? 만일 걔가 연주라는 애라면 자기가 얻어맞고 질질 짠 이야기를 그렇게 신나서 올리진 않았을 거야."

"그래? 그럼 혹시 나도 스토커가 있는 건가?"

윤우가 그런 나를 보고 피식 웃었다.

"스토커는 너잖아. 제일 친한 친구 스토커."

"그런 말 하지 마. 이제 수희라면 끔찍하다."

나도 모르게 나온 말이었다. 윤우가 살짝 놀라는 듯했다. 그리고 그보다 내가 더 놀랐다.

"진짜로?"

윤우가 물었다.

마음이 쓰라렸다. 수희를 얼마나 좋아했는데 어떻게 내가 이런 말을 할 수 있을까? 나 자신이 실망스러웠다. 하지만 분명 지금은 수희가 너무 미웠다. 수희에 대한 마음은 영원할 줄 알았다. 어떤 일이 있어도 변할 리 없다 생각했다. 하지만 그건 너무나 쉽게 무너져 버렸다. 스스로 부끄럽지는 않았다. 적어도 내가 먼저 변하지는 않았으니까. 이건 전부 수희 잘못이다. 수희가 먼저 나를 버렸다. 어떻게 나한테 그럴 수 있지? 아무리 생각해도 알 수 없었다.

"글쎄. 사실은 수희에 대한 마음은 아직 잘 모르겠어. 그러는 너야말로 어때?"

나는 고개를 설레설레 저으며 오히려 윤우에게 물었다.

"지난번에도 말했지만 난 이제 수희 같은 애 관심 없어."

윤우는 나와는 달리 조금의 망설임도 없이 단호한 얼굴로 말했다. 나는 윤우의 차가운 얼굴이 싫어서 얼른 분위기를 바꾸고 싶었다.

"야, 우리 동네 아까시꽃 진짜 예쁘지 않니?"

내가 분수대 주위에 있는 아까시나무를 가리키자 윤우가 내 팔을 내리며 타이르듯 입을 열었다.

"지금 신나서 꽃구경할 때가 아니야. 넌 나랑 심각하게 생각해 볼 게 있어."

윤우의 목소리가 조금 조심스럽게 변했다.

"생각? 무슨 생각?"

난 또 뭐가 문젠가 싶어 걱정스레 물었다.

"적어도 내가 추측하기에 넌 사건이 일어나지 않았어도 왕따를 당했을 거야. 그러니까 내 말은 넌 어떤 이유에서든 왕따를 당했을 거라고."

생각지도 않았던 이야기에 당황한 나는 잠시 머뭇거리

다 윤우의 팔을 잡아당겼다.

"그게 무슨 소리야? 무슨 말인지 하나도 못 알아듣겠
어."

흥분한 나머지 윤우의 팔을 너무 세게 잡은 걸까. 윤우
가 아, 하는 작은 소리와 함께 내 손을 떼어 냈다.

"이번 사건이 널 함정에 빠뜨리려고 일부러 계획한 건
지는 나도 확신이 서지 않아. 그러기에는 너무 큰일이니
까. 어쩌면 널 왕따시키려고 작정했던 누군가가 사건이 터
지자마자 기회는 이때다 싶어 이용한 게 더 맞는 것 같아.
하지만 이거 하나는 확실해. 누군가는 계속 기다렸다는
것. 널 괴롭히려고 준비하면서 말이야. 그게 누군지는 모
르지만."

"뭐라고? 도대체 왜 나 같은 걸? 게다가 나는 누구한테
미움받을 만한 주제도 아닌데."

"글쎄, 그건 모르는 거지."

윤우에게 말한 대로 나는 다른 친구들한테 미움을 살
애는 아니었다. 수희와 친하다는 걸 뺀다면 보통의 중학생
들과 똑같았기 때문이다. 하긴, 어떻게 보면 그것 때문에
보통이 아닐지도 모르겠다. 수희는 인기 연예인이고 나는
그 절친이었으니까. 그런 나를 부러워하는 애들도 많았고,

나도 알게 모르게 자부심을 느낀 적도 많았다. 순간 떠오르는 게 있었다.

"연주 맞나 봐. 걔 수희랑 친해지고 싶어서 안달복달이었거든."

"왕따라면 연주일 수도 있지. 그런데 사건은 연주가 아닐 거야. 그냥 수희랑 친하게 지내고 싶은 정도라면 이렇게까지 큰일을 벌이진 않아."

"그런가? 그래, 그럴지도 모르겠다. 수희랑 친하다는 게 뭐 얼마나 대단하다고 그렇게까지 하지는 않겠지. 그럼 도대체 누가 이렇게 끔찍한 짓을 한 걸까?"

나는 도무지 감이 잡히지 않아 한숨을 푹 내쉬었다. 내가 알지 못하는 누군가가 나를 미워한다는 것도 소름 끼치는 일이었고, 학교 안에서 끔찍한 일을 벌인 것도 소름 끼쳤다. 의기소침해 있는 등 뒤로 다시 윤우의 목소리가 들려왔다.

"너, 지금부터 내 말 하나하나 집중하면서 잘 들어."

"뭘 말이야?"

윤우는 내 물음에 답하지 않고 다시 말을 이었다.

"혹시 요즘 학교에서 이상한 점 느낀 적 없어?"

"이상한 점? 글쎄, 내가 왕따당한 거 말고는 특별히 없는데······."

"아니, 학생들 말고. 혹시 선생님이나 뭐 그런 분들도 말이야."

윤우의 말을 듣고 다시 생각해 보니 아까 담임이 나한테 한 얘기가 생각났다.

"맞아. 담임이 좀 이상했어."

"어떻게 이상했는데?"

"그게, 내가 누명을 쓰고 왕따당하는 걸 알고 있는 것처럼 보였어. 그런데도 담임은 그걸 말릴 생각을 하지 않고, 나한테 전학 가는 게 어떻겠냐고 했어."

윤우의 검은 눈동자가 반짝 빛을 내었다.

"그래? 그리고 또 다른 건 없었어?"

나는 발을 동동 구르며 지난 일을 떠올려 보았다.

"그러고 보니 두 번째 사건이 터지고 내가 기자들한테 둘러싸여 있을 때, 학주도 좀 이상했어. 나를 믿는다며 혀를 쯧쯧 찼는데, 뭔가 알고 있으면서도 이야기를 하지 않는다는 그런 느낌을 받았어."

말을 하다 보니 진짜로 이상했다. 담임 선생님이나 학생주임 선생님이나 모두 내가 누명을 쓰고 있다는 걸 아는 눈치였다. 나는 쪼그려 앉아 무릎을 껴안고는 곰곰이 생각해 보았다. 얽힌 실타래가 가닥을 내며 풀리고 있는데 다시 뭉친 덩어리를 만난 느낌이었다. 선생님들은 왜 사실을 말하지 못하는 걸까. 문득 생각만 해 봐야 소용이 없다는 걸 깨달았다. 나는 벌떡 일어나 윤우에게 외쳤다.

"가자!"

윤우가 그런 나를 멀뚱하게 쳐다봤다.

"어딜?"

"학교로 가자! 지금쯤이면 아이들도 다 집에 가고 비어 있을 거야."

"지금 학교 가서 뭐 하게? 설마 선생님한테 가서 물어보기라도 하려고? 너무 순진한 거 아니냐?"

윤우가 아직 멀었다는 듯 나를 쳐다보았다.

"누가 선생님한테 물어본대! 사건 현장을 다시 살펴보자는 거야. 경찰도 모르는 걸 선생님들은 알잖아. 경찰과 선생님의 차이는 학교를 얼마나 잘 아느냐 모르느냐의 차이잖아. 분명 장소에 답이 있을 거 같단 말이야."

윤우는 잠시 생각에 잠기더니 이내 고개를 끄덕거렸다.

"그러게, 네 말이 맞긴 하네. 난 왜 그 생각을 못 했지? 야, 너 생각보다 쓸 만하다."

윤우가 대견하다는 듯 내 머리를 쓱쓱 쓰다듬었다. 나

는 어깨를 으쓱하고는 윤우를 보며 씩 웃었다. 우리는 얼른 학교로 걸음을 옮겼다. 지는 햇빛에 구름이 물들며 노을이 번지고 있었다. 더 어두워져서 아무것도 보이지 않기 전에 뭔가를 찾아낸 것 같아서 다행이었다.

운동장에는 아무도 없었다. 이 시간에 학교에 들어온 건 처음인 것 같았다. 매일 오는 곳인데도 텅 빈 학교는 조금 낯설게 느껴졌다. 우리는 조용히, 빠르게 중앙 계단으로 들어섰다. 나는 입을 다물고 살금살금 교장실이 있는 복도로 윤우를 안내했다. 학교 안은 침묵을 뒤집어쓴 채 어두워지고 있었다. 선생님들도 거의 퇴근한 듯 교무실도 비어 있었다. 교무실을 지나 교장실로 조용히 걸었다. 윤우는 조심스레 나를 따라오며 곳곳을 꼼꼼히 살펴보았다. 교장실은 안타깝게도 잠겨 있었다. 까치발을 딛고 유리창 너머로 안을 들여다보았지만 어두워서 잘 보이지 않았다.

그때 누군가 걸어오는 소리가 들렸다. 나는 너무 놀라 윤우 손을 붙잡고 잽싸게 위층으로 걸음을 옮겼다. 숨을 몰아쉬며 아래를 살피는 나를 보더니 윤우가 귀에 대고 속삭였다.

"뭘 그렇게 죄지은 사람처럼 도망가? 걸리면 그냥 학교에 놓고 온 게 있어서 다시 왔다 그러면 되지."

나는 능청스럽게 웃는 윤우가 답답했지만 누가 들을세라 조용히 대꾸했다.

"난 그렇다 치고 넌 뭐라고 해? 다른 학교 애가 왜 왔냐고 하면?"

"야! 전교에 학생이 몇 명인데 내가 다른 학교 앤 걸 어떻게 알아?"

생각해 보니 맞는 말이었다. 나도 전교생을 반에 반도 모르는데 선생님이라고 다 알 리가 없었다. 나는 괜히 쑥스러워 머리를 긁적거렸다.

"이로써 네가 범인이 아닌 건 정말 분명해졌다. 너처럼 단순하고 간이 콩알만 한 애가 어떻게 그런 일을 저지르겠냐."

나는 얄미운 생각에 윤우의 옆구리를 툭 쳤다. 윤우가 장난스럽게 엄살을 부렸다. 주변을 살핀 후 우리는 다시 조용히 내려와 교장실 쪽을 둘러본 후에 교문 밖으로 나왔다. 밖은 이미 어두워져 있었다.

"정말 죄짓고는 못 살겠다. 아까 발소리가 들리는데 정말 간 떨어지는 줄 알았어."

식은땀을 닦으며 숨을 고르는 동안 윤우는 가만히 학교

를 돌아보았다.

"나는 뭐가 이상한지 잘 모르겠던데, 넌 뭐 찾은 거 있어?"

나는 아까 살펴본 복도를 떠올려 봤다. 늘 신경 쓰지 않고 지나쳤기 때문인지 별로 눈에 들어오는 건 없었다. 그래도 항상 그곳을 지날 때면 어색하고 불편한 게 있었다. 선생님들이 있는 곳이라서 그런 거라 생각했지만 그 느낌은 조금 달랐다. 누군가 나를 지켜보는 느낌? 왜 그런 걸까 고민하는데 학교 앞 횡단보도 신호등이 파랗게 바뀌었다. 순간 번쩍 생각났다. 그렇다. 교장실 복도에는 항상 사람들을 지켜보던 게 있었다. 경찰은 모르고 선생님들은 먼저 확인할 수 있는 것. 그건 바로 CCTV였다.

"윤우야, 너희 학교에도 CCTV 있니?"

순간 윤우의 눈이 어둠 속에서 반짝 빛났다.

"아! 맞다. CCTV. 당연히 우리 학교에도 있지. 그런데 그건 경찰이 먼저 회수해 가지 않았을까?"

"학교에서 얘기 듣기론 녹화 기록에 무슨 문제가 생겨서 시간이 좀 걸린다고 했던 거 같아."

내 말을 들은 윤우가 갑자기 킥 하고 웃었다. 그러고는 이내 자신만만한 표정을 지어 보였다.

"왜 웃어?"

"그래, 문제가 생겼겠지."

"무슨 문제인지 알겠어?"

윤우가 내 얼굴을 뚫어지게 쳐다보았다.

"그 문제라는 게 아마 찍혀서는 안 될 게 찍혔다는 거 아닐까?"

"찍혀서는 안 될 거라니? 설마 귀신 같은 거 얘기하는 건 아니지?"

"으휴, 이 둔탱이."

눈을 동그랗게 뜨고 어리둥절해 있는 내 모습을 윤우가 귀엽다는 듯 쳐다보았다.

"아! 사람 그만 좀 놀리고 얼른 말해 봐. 정말로 궁금하다고."

나는 답답한 마음에 윤우를 재촉했다.

"잘 생각해 봐. 네가 답을 찾았잖아."

답이라는 말에 나는 박수를 쳤다. 우리가 찾는 가장 중요한 답은 하나다. 바로 범인이 누구인가 하는 것이다. 선생님들이 경찰도 모르는 범인을 알 수 있는 방법은 하나, 바로 CCTV에 찍힌 범인을 먼저 보는 것이다. 그런데 왜?

"왜 말할 수 없는 거지?"

나도 모르게 혼잣말을 했다.

"그건 지금 상황이 범인을 알면서도 말할 수 없기 때문이겠지."

윤우가 가라앉은 소리로 차분히 말했다.

"왜 범인을 알면서도 말을 못 해?"

난 이해할 수 없어 고개를 갸웃거렸다. 내가 고민에 빠져 있자 윤우가 다시 입을 열었다.

"아까 공원에서 네가 그랬잖아. 선생님들이 뭔가를 알고 있으면서도 약속이나 한 것처럼 입을 다물고 있는 것 같다고. 마치 자기들 의지랑 상관없이 꼭 누가 시킨 것처럼."

윤우의 눈꼬리가 가늘어졌다.

"응, 맞아."

나는 어깨까지 흔들리게 고개를 끄덕거렸다.

"좋아. 만약 누군가 선생님들에게 범인을 숨기라고 시켰다고 생각해 보자. 그럼 그 사람은 모든 선생님들 위에 있는 사람이어야겠지?"

순간 나는 무언가를 발견한 사람처럼 크게 외쳤다.

"교장 선생님이야."

그런 내 모습이 우스웠는지 윤우가 큭큭거렸다.

"그래, 너희 학교 교장 선생님. 가끔 수희 때문에 방송에 나와서 인터뷰도 하셨지. 그래서 수희 팬들 사이에서도 유명해. 매일매일 수희 칭찬만 해 주는 신세대 교장 선생님이라고."

"맞아. 교장 선생님이 조회 시간마다 그러거든. 자기가 교장이 된 후로 우리 학교가 수준도 높아지고 유명해졌다면서, 다 수희 덕분이라고. 이렇게만 되면 우리나라에서 손꼽히는 명문이 될 수도 있다 그랬어."

"그래, 바로 그거야. 수희 덕에 학교가 텔레비전에 자주 나오고 잡지 기사로도 실리니까 덩달아서 제일 신났던 게 바로 선생님들이라고. 특히 교장 선생님이 제일 신났을 테고 말이야."

"그런데 교장 선생님이 왜?"

"잘 생각해 봐. 만일 수희에게 무슨 일이 생기면 너희 학교에서 가장 싫어할 사람이 누구겠니?"

"그야 물론 나지."

"너 말고."

"음, 수희는 나 말고도 다른 아이들이랑 선생님도 모두 좋아하는데."

"어휴, 이 바보야. 그럼 다르게 물어볼게. 만약 학교에서 수희와 관련된 사고가 터지면 누가 책임을 질 거 같아?"

"내가 바보냐? 당연히 교장 선생님이지."

"그래, 이제 알았구나."

"뭐야? 그럼 네 말은 교장 선생님이 뭔가 알고 있는데 지금 일부러 숨기고 있다는 거야?"

"그래, 내 생각엔 이미 교장 선생님이나 다른 선생님들은 범인을 알고 있어. 그런데도 지금은 입단속 중이라는 거지. 그래서 선생님들이 너를 믿으면서도 아무 말도 못 해 주는 걸 거야."

"그게 무슨 소리야?"

나는 벌어진 입을 다물지 못하고 윤우만 쳐다보았다. 선생님들이 범인을 알고 있다는 것도 놀라운데, 게다가 그것을 숨기고 있다는 사실을 도무지 믿을 수가 없었다.

"이제 학교에 경찰 아저씨 안 오지?"

"어? 그러고 보니 지난번에 뭐 쓰라고 한 후에는 안 오네."

"그래, 맞아. 생각대로야."

"뭐가 생각대로라는 거야? 나는 아직도 뭐가 뭔지 잘 모르겠으니까 자세히 설명해 봐."

윤우는 무언가 제대로 들어맞고 있다는 듯한 표정을 지

었다. 윤우의 얼굴에 자신감이 드러나 보였다. 나는 그 자신감의 정체를 확인하고 싶었다. 그리고 윤우는 그런 나의 기대에 금방 답해 주었다.

"일단 우리가 아는 걸 정리해 보자. 선생님들은 경찰이 아직 모르는 무언가를 알고 있는 게 분명해. 경찰이 알고 있다면 수사에 진전이 있을 텐데, 그건 아니니까. 그런데도 선생님들은 자신들이 알고 있는 걸 경찰에게 비밀로 하고 있어. 우리는 그 이유만 찾아내면 돼. 그럼 그 이유 안에 범인도 함께 숨어 있을 테니까. 만약 현지 네가 범인이라고 해 보자."

"내가 왜 범인이야? 가뜩이나 화나는데 너까지 왜 이래?"

"아니, 진짜 그렇다는 게 아니라 가정해 보자고. 그런데 만약 네가 범인인 걸 너희 엄마가 알았다고 해 봐. 그렇다면 엄마가 너를 범인이라고 말할 것 같아?"

윤우의 말에 나는 잠시 고민을 해 보았다. 엄마는 가끔 나에게 잔소리를 하기는 하지만, 분명히 세상에서 나를 제일 사랑하는 것만은 틀림이 없었다. 그런 엄마가 나를 범인이라고 할 일은 절대로 없을 것이다. 아니, 오히려 엄마는 내가 지은 죄를 뒤집어쓰고 자기가 했다고 할 사람이다.

"우리 엄마는 죽어도 말 안 할 거야. 그런데 왜 이런 질문을 하는 거야?"

　　"이 바보야, 그러니까 어떤 사람이 누군가를 무척이나 아끼면, 그 사람이 범인임을 알면서도 말하지 못하는 경우가 생긴단 말이야."

　　"어, 잠깐. 그럼 CCTV에 범인이 찍혔는데, 그 범인이 교장 선생님이 아끼는 사람이라는 거야?"

　　"그래, 이제야 뭔가 알았구나."

　　윤우가 나를 보며 고개를 끄덕거렸다. 나는 두려워졌다. 도저히 믿을 수가 없었다. 어느새 다리가 떨리기 시작했다. 윤우에게 무언가를 물어야 했는데 차마 입이 떨어지지 않았다. 하지만 묻지 않을 수도 없었다.

　　"저, 절대 말도 안 돼!"

　　나도 모르게 손이 덜덜 떨려 왔다.

　　"세상엔 이해할 수 없는 일들이 많아."

　　윤우가 차갑고 쓸쓸한 표정으로 나를 바라보았다.

　　"서…… 설마, 내가 지금 생각하는 그 사람은 아니겠지?"

　　"아니, 지금 네가 생각하는 그 사람이 맞아."

　　떨리는 나의 목소리와 다르게 윤우의 목소리는 단호했

다. 그래도 나는 인정할 수 없었다.

"아냐. 아니라고 말해. 그럴 리가 없어."

나는 주저앉으며 소리를 질렀다. 날카롭게 찢어지는 소리가 밤하늘을 할퀴며 흩어졌다.

"아니라고 믿고 싶겠지만 사실은 사실이야."

윤우는 내 앞에 앉아 타이르듯 날 바라보았다.

"그…… 그럼 범인이 정말로……."

"그래. 하나밖에 없는 네 소중한 친구, 진수희야."

이럴 순 없어!

윤우는 한 시간째 멍하니 앉아 있는 내 옆에서 아무 말도 하지 않았다. 처음부터 하나하나 가만히 생각해 보았다. 사건이 일어나고 누명을 쓰고 왕따를 당하는 동안 수희가 나에게 했던 행동은 딱 하나였다. 한결같은 무시! 일 때문에 힘든 건 알았지만 이해할 수 없었다. 그런데 수희가 범인이라니……. 수희가 그냥 그럴 애는 절대 아니다. 나는 수희를 믿고 싶다. 아니, 믿는다. 수희가 그랬다면 분명 이유가 있을 거다. 그런데 그 이유를 아무리 생각해도 알 수가 없었다. 이렇게 무턱대고 수희를 의심만 할 수는 없었다. 내가 움직여야 한다. 범인을 밝혀야 한다. 그러려면 CCTV를 꼭 확인해야 하는데…… 어떡하지? 한참을 고민했다. 순간 불현듯 떠오르는 장면이 있었다. 우리 가게에서 떡볶이를 먹던 아저씨! 학교 방범업체 직원이 우리 분식집 단골손님이다. 맞아! 그 아저씨를 볼 때마다 인사도 했잖아.

"윤우야, 나 집에 얼른 가 봐야겠어! 오늘 고마웠어. 지금은 급하니까 나중에 내가 전화할게."

나는 벌떡 일어나 달려가며 윤우에게 소리쳤다. 윤우는 다 이해한다는 얼굴로 나에게 손을 흔들었다.

"너무 고민하지 말고 무슨 일 있으면 나한테 바로 전화해. 기다릴게."

"알았어. 진짜 고마워!"

나는 쉬지 않고 엄마 가게로 달려갔다. 다리가 무거워질수록 등이 흠뻑 젖어 갔다. 나는 숨을 몰아쉬며 가게로 들어갔다. 시간이 늦어서 그런지 다행히 안에는 엄마밖에 없었다.

"엄마!"

"얘가 왜 이렇게 숨을 헐떡거려! 도대체 어디서부터 달려온 거야? 아니, 얼굴은 왜 그 모양이 됐냐? 이게 뭔 일이야?"

"아, 이거 넘어져서 그래. 부딪쳐서 입술이 조금 터진 거야. 지금은 괜찮아."

나는 테이블 위에 놓인 물통을 들고 벌컥벌컥 물을 들이켰다.

"에그, 조심하라니까. 내가 아주 너 키우면서 일 년에 십 년씩 늙는다. 그리고 입 대고 먹지 말라니까. 누가 보면 더럽다고 욕해!"

엄마가 내 엉덩이를 찰싹 때렸다.

"아, 그게 문제가 아니라, 엄마, 우리 가게에 자주 오는 손님 중에 우리 학교 CCTV 관리하는 아저씨 있지?"

엄마는 접시 안에 있던 당근을 한 입 베어 물었다.

"있지. 회사가 이 근처라 내가 배달도 자주 해 주잖아."

나는 다행이다 싶어 의자를 빼고 앉았다.

"엄마, 그럼 나 그 회사 좀 가르쳐 줘. 아니다. 잠깐만 나 생각 좀 해 볼게."

"얘가 헥헥거리고 달려오더니 뭔 놈의 남의 장딴지 긁는 소리를 하는 거야? 무슨 소린지 좀 알아듣게 설명을 해."

엄마는 나를 빤히 쳐다보다가 답답한지 밖으로 나가 버렸다. 나는 가방을 내려놓고 침착하게 계획을 세우기 시작했다. 내가 회사로 찾아간다고 해도 절대 나 같은 중학생에게 함부로 CCTV 녹화 영상을 보여 줄 리 없다. 그러면 어떡하지? 어떻게 해야 범인을 확인할 수 있을까? 나는 엄마가 가게 문을 닫을 때까지 의자에 앉아서 꼼짝도 하지 않고 고민을 했다.

"네가 가게 장식품이냐, 거기 앉아서 엄마 문 닫는 거 구경만 하고 있게. 이리 와서 셔터 내리는 거나 도와줘!"

엄마가 가게 문 앞에서 나를 불러 댔다. 나는 바쁘게 일어나 가게 밖으로 나갔다. 집에 와서도 저녁도 먹지 않고 방에 들어가 계속 그 방법만 생각했다. 시계가 벌써 새벽 2시를 넘기고 있었다. 맞은 자리가 욱신거려 잠도 오지 않았다. 오히려 시간이 지날수록 머릿속이 선명해졌다. 그냥 물어봐서는 절대 알려 주지 않을 거다. 그러면 그 사람들이 말을 하도록 뭔가 방법을 찾아야 한다는 소리다. 물어보지 않고 알 수 있는 방법에는 뭐가 있지? 지금 내가 가진 무기는 수희가 범인일 거라는 추측 하나다. 그거 하나 갖고 내가 뭘 할 수 있을까? 수희가 범인이냐고 물어보면 발뺌을 할 게 뻔하다. 집중하자. 집중해서 방법을 찾아내야 해.

아! 좋은 수가 있다. 왜 그 생각을 못 했지? 물어보지 말자! 물어보지 않고 다 아는 것처럼 말하는 거야! 그래! 그런 방법이 있었어. 그리고 엄마는 방송 일이라면 누구보다 열심히 할 거야! 그게 제일 낫겠지? 생각을 정리하니 잠이 막 쏟아지기 시작했다.

　어제 일 때문일까? 왕따가 시작된 후로 오늘같이 편한 적은 없었다. 모두가 내 눈치만 보며 나를 슬슬 피했다. 자기들도 나한테 물어뜯길까 봐 걱정되나 보지? 흥! 내가 뭐 진짜 개라도 된 줄 아나? 나는 더 이상 아이들을 신경 쓰지 않기로 했다. 내가 연주를 물어뜯은 게 잘한 짓이 아니란 건 안다. 하지만 정당방위란 것도 있잖아. 난 잘한 것도 없지만 잘못한 것도 없다. 일부러 수희 쪽은 쳐다보지도 않았다. 나도 모르게 달려가 물어보고 싶을지도 모르니까 말이다.

　학교가 끝나자마자 학원도 빼먹고 엄마에게 달려갔다. 엄마에게는 사실대로 계획을 다 말할 수 없으니, 몰래카메라 찍는 걸 도와 달라고만 했다.

　"엄마가 선생님 역할을 하면 되는 거야. 교장 선생님이 시켰다고 하면서 녹화 영상에서 수희만 지울 수 없냐고 물어보면 돼."

　"그것만 하면 되는 거야?"

　엄마는 눈을 크게 뜨고는 물었다.

"응. 지금 방범업체에 촬영 팀이 가 있으니까 우리가 전화하면 돼."

엄마의 전화에 방범업체 직원이 대답하는 걸 들으면 수희가 범인인지 아닌지 알 수 있을 거다.

"엄마, 절대 실수하면 안 돼! 잘할 수 있지?"

엄마는 침을 꿀꺽 삼키며 식은땀을 닦았다.

"걱정 붙들어 매라. 네가 누구 닮아서 그렇게 노래도 잘하고 춤도 잘 추겠냐? 거기에 흉내까지. 다 나 닮아서 그런 거야. 엄마가 고등학교 때 교내 연극반 부장이었던 거 너도 알지! 내가 말은 안 했지만 축제 때 옆 학교 남학생들이 아주 난리가 났었다니까. 그런데 너도 텔레비전에 나오는 거냐? 네가 전화하면 안 돼? 그럼 목소리라도 방송을 탈 거 아냐!"

엄마는 나를 조금이라도 방송에 내보내고 싶어 계속 투덜거렸다.

"엄마가 연극반 부장이었던 거 한 번만 더 말하면 천 번은 될걸. 그리고 아무리 몰래카메라래도 애가 그런 전화하면 상대방이 장난인 거 금방 알지. 게다가 목소리만 방송에 나와서 뭐해!"

나는 핸드폰에서 녹음 기능을 찾으며 엄마에게 짜증을

냈다.

"누가 또 아냐! 성우라도 할 수 있을지. 어제 방범업체 물어본 게 다 이거 때문이었구나. 난 또 뭔 일인가 했네."

나는 '쉿' 하고 손가락을 입에 대며 핸드폰 녹음 버튼을 누르고는 엄마에게 건넸다. 손안에 땀이 차기 시작했다.

"여보세요? 거기 봉시큐리티죠? 저는 문일중학교 교사인 김예나라고 합니다. 저희 교장 선생님이 꼭 물어보라고 시키신 일이 있어서요."

엄마는 이마에 맺힌 땀을 닦더니 컵에 담긴 물을 한 모금 마셨다.

"예, 저희 교장 선생님이 그쪽에서 가져가신 CCTV 녹화 영상에서 수희만 좀 지울 수 없느냐고요. 아무래도 더 이상 감추기가 힘든가 봐요. 공개하긴 해야 하는데 그 일 때문에 교장 선생님이 보통 걱정하는 게 아니에요. 정말 중요한 일이니 꼭 좀 그렇게 했으면 좋겠다고 하시더라고요. 네, 꼭 좀 부탁드립니다."

통화를 마친 엄마가 나를 돌아보며 말했다.

"뭐, 이런 몰래카메라가 다 있냐? 이거 언제 방송되는 거야? 설마 다 편집되는 거 아냐?"

"그럴지도 모르지. 엄마 생각보다 별로였거든."

"그런데 그 사람 참 이상하더라. 무슨 얘기를 그렇게 조심스럽게 하냐? 큰일이라도 난 거처럼 속닥속닥하면서 걱정하지 말라니, 별난 사람도 다 있네. CCTV에 나온 수희 얼굴이 완전 굴욕일 만큼 못생겼나 보지? 요즘은 이런 것도 몰래카메라로 찍니? 하여간 너희 교장도 아주 그냥 수희, 수희밖에 모른다니까."

엄마는 흥미를 잃은 듯 아까 다듬던 파를 다시 다듬기 시작했다. 나는 집으로 와 핸드폰에 녹음된 대화를 다시 들어 보았다. 이젠 범인이 확실해졌다.

수희다. 수희가 범인이 맞다. 나는 윤우에게 전화를 걸어 오늘 있었던 일을 얘기했다.

"역시 진수희가 범인이었구나. 너, 어떡할 거야?"

"모르겠어. 며칠만 생각해 볼래."

"나 같으면 그거 방송국에 보내겠다."

"내가 네가 아니라서 정말 다행이다. 넌 어떻게 그런 생각을 하냐! 그러면 수희는 어떻게 되라고!"

"너도 정말 어쩔 수 없구나. 네 걱정이나 할 것이지 아직도 수희 걱정을 하냐?"

"몰라. 그냥 지금은 아무것도 모르겠어."

"그럼 잘 생각해 보고 후회하지 않게 잘 선택해. 이제

열쇠는 네가 쥐고 있으니까."

나를 범인으로 몰기로 한 것은 수희 생각일까? 아니면 교장 선생님일까? 지금 당장 전화해서 물어보고 싶었다. 네가 그런 거냐고. 왜 하필 나냐고. 내가 수희에게 뭘 잘못한 거지? 우리는 말을 배울 때부터 같은 동네에서 자라 수희가 스타가 된 후 이사 가기 전까지 붙어 다녔었다. 다른 자매가 없는 우리는 진짜 가족 같았다. 그런데 어쩌다 이렇게 됐을까? 이럴 줄 알았으면 누가 범인인지 모르는 게 더 나았을지도 모르겠단 생각도 들었다. 문제가 해결되기는커녕 더 복잡해졌다. 그래도 물어야겠지? 그래야 해! 난 내 자신을 계속 설득시켰다.

이러지도 저러지도 못한 채 며칠이 지났다. 왕따는 시들해졌고 담임도 별말이 없었다. 윤우의 말에 따르면 '쑤희절친'이란 애도 요즘 게시판에 글을 올리지 않는다고 한다.

나는 드디어 결정했다. 오늘은 수희에게 꼭 물어보기로. 무슨 말을 들어도 견뎌야 한다고 마음의 준비를 단단히 하고 또 단단히 했다. 사실 어제도 그제도 수희네 집 근처에 쪼그려 앉아 수희를 기다렸다. 학교에서는 연주랑 수진이 때문에 수희에게 말도 걸 수 없었다. 그게 아니라도 수희는 날 모르는 사람 취급 하는 걸 멈출 것 같진 않았다. 물론 다 무시하고 그냥 물어볼 수도 있었다. 그러면 범인이 수희일지도 모른다는 걸 모두가 알게 된다. 그런 꼴을 수희가 당하게 하고 싶지 않았다.

학교가 끝나자 바로 수희네 아파트 앞으로 갔다. 그러고는 사람들의 눈에 잘 띄지 않는 구석에 앉아 무작정 수희를 기다렸다. 날이 어두워지고 얼마나 지났을까. 수희를 태운 차가 아파트로 들어서려 했다. 나는 달려 나가 차 앞을 막아섰다. 차 안에서 아줌마가 깜짝 놀라 소리 질렀다.

"너 뭐야? 제정신이야?"

나는 못 들은 척하며 소리쳤다.

"수희야, 나랑 얘기 좀 해."

수희는 뒷자리에 앉아 잠시 나를 쳐다보더니 귀찮다는 듯 눈을 감았다. 내가 비켜서지 않자 아줌마가 차에서 내려 나를 끌어내려 했다.

"무슨 애가 이렇게 힘이 세? 할 일 없으니 먹고 이런 데다 힘쓰는 거야? 수희가 너랑 안 놀아 준다고 이런 짓까지 하는 거니? 너, 스토커야? 경찰에 잡혀가야 정신을 차릴래?"

나는 고개를 푹 숙인 채 소리 질렀다.

　"CCTV에 나온 거 누군지 다 알아. 그러니까 얼른 내려!"

　그 소리에 아줌마가 깜짝 놀라며 나를 쳐다봤다. 차 안에 있던 수희도 눈을 번쩍 뜨고 나를 보았다.

　"너, 그게 무슨 소리야! CCTV라니, 거기에 누가 나왔다는 거야? 그리고 네가 그런 걸 어떻게 알아?"

　아줌마 입술이 파르르 떨렸다. 나는 다시 소리쳤다.

　"다 안다고, 누가 범인인지!"

　"그게 무슨 소리야! 네까짓 게 그걸 어떻게 알아!"

　아줌마가 날 잡은 손을 덜덜 떨며 울듯이 소리쳤다. 나는 계속 모른 척하며 수희에게 소리쳤다.

　"그러니까 나랑 얘기 좀 해. 나 꼭 네 입으로 듣고 싶은 말이 있어."

　"너 같은 건 경찰이 잡아가야 해. 내가 널 가만둘 줄 알아? 똥파리 같은 게 수희 옆에 붙어서 떨어지질 않더니 이제 수희에게 무슨 짓을 하려는 거야."

　나는 지지 않고 또박또박 침착하게 말했다.

　"똥파리는 똥만 찾아다니죠. 내가 똥파리면 수희는 똥인가요?"

말이 끝나기가 무섭게 아줌마가 내 뺨을 후려쳤다. 몸이 휘청하며 비틀거렸다. 그때까지 가만히 있던 수희가 차에서 내리더니 아줌마의 팔을 낚아챘다.

"엄마, 먼저 들어가. 나 현지랑 얘기하고 금방 들어갈게."

수희 입에서 내 이름이 나오니 울컥하고 마음이 아파왔다. 얼마 만에 수희 목소리로 들어 보는 내 이름일까. 아줌마는 걱정스러운 눈빛으로 수희를 잡아당겼다.

"무슨 소리야! 저런 애하고 무슨 할 말이 있어? 지금 널 범인으로 만들려고 헛소리 중이잖아."

그 말을 듣는 순간 모든 게 확실해졌다. 범인은 수희가 맞았다. 아줌마도 말을 하고는 아차 싶었는지 자기 입을 잽싸게 손으로 막았다. 하지만 수희는 여전히 무표정했다.

"걱정 말고 올라가. 내가 여기서 소리라도 질러야 내 말을 들어줄 거야?"

수희의 눈치를 살피던 아줌마는 어쩔 수 없다는 듯 나를 흘겨보더니 차를 몰고는 아파트 안으로 들어갔다.

"사람 없는 곳으로 가자. 누가 보면 곤란하잖아."

난 손가락으로 놀이터 구석을 가리켰다.

"아무 곳이나 상관없어."

수희는 여전히 귀찮다는 듯 대꾸했다. 하지만 나는 상관있었다. 혹시나 소리라도 지르다 누가 들으면 당장 인터넷에 뜰 게 뻔했기 때문이다. 나는 수희를 끌고 사람이 안 보이는 곳으로 갔다. 그러고는 행여나 누가 들을까 애써 작게 물었다.

"네가 범인이지?"

수희가 나를 똑바로 한참 쳐다보았다. 그러고는 작게 입을 삐죽이며 비웃었다.

"뭘 보고 내가 범인이라는 거야?"

나는 선생님들께 들었던 이야기부터 전화 통화를 녹음한 것까지 침착하게 말했다. 수희는 잠시 놀란 표정을 짓더니 금세 여유 있는 미소를 지었다.

"네가 언제부터 그렇게 머리가 좋았니? 다시 보이네."

"그러니까 이제 솔직하게 말해. 네가 그런 거지?"

나는 주먹을 불끈 쥐고는 조금 떨리는 소리로 다시 물었다. 그런 나와는 다르게 수희는 비아냥거리는 얼굴로 나를 보았다.

"내가 범인이면, 경찰에 신고라도 하게?"

"지금 그, 그게 아니잖아."

나는 당황스럽고 황당했다.

"그게 아니면, 뭐? 너한테 용서라도 빌라는 거야?"

"너, 내가 애들한테 왕따당한 거 봐 놓고도 지금 그런 말이 나와?"

수희는 알았다는 듯이 고개를 끄덕거리며 짜증을 냈다.

"아, 너 왕따당하지 않게 내가 범인이라고 솔직하게 말해서 뉴스며 잡지에 대문짝만하게 나왔어야 한다는 거지?"

너무 화가 나 나도 모르게 부들부들 떨리는 손으로 수희의 멱살을 잡았다.

"그게 아니잖아. 네가 나한테라도 다 말해 줬으면 서로 의논이라도 할 수 있었잖아. 내가 설마 너한테 그런 거까지 시켰겠어? 그렇게 되면 네가 어떻게 될지 다 아는데."

간신히 감정을 억누르며 침착하게 말하려 노력했다. 하지만 수희는 고개를 돌리며 코웃음을 쳤다.

"하긴, 어련하겠어? 또 그랬겠지. 지 덕분에 이렇게 유명한 연예인이 됐으니 정신 차리라고 말이야. 그러면서 대단한 의리라도 있는 것처럼 어쩌고저쩌고하면서 나를 지키는 흉내를 냈겠지. 재수 없게."

순간 더 이상 참을 수가 없었다. 나는 수희의 뺨을 있는 힘껏 때렸다. 찰싹 소리가 가로등 불빛 아래로 울려 퍼졌다. 수희는 비틀거리더니 이내 바로 섰다. 맞은 게 시원해 보이는 얼굴이었다.

"나한테 어떻게 이럴 수 있어? 내가 너한테 어떻게 했는데. 널 얼마나 자랑스러워했는데."

나는 울먹이며 수희를 바라보았다. 잠시 편해 보이던 수희가 내 이야기를 듣자마자 성난 짐승처럼 으르렁거리기 시작했다.

"그래서 뭘 어쩌라고? 너, 솔직히 우리 엄마 싫어하지? 그런데 네가 우리 엄마랑 뭐가 달라? 매일 나만 보면 자기 덕분에 연예인 됐으니 감사하라는 둥, 더 열심히 하라는 둥, 네가 내 마음을 한 번이라도 제대로 이해한 적이나 있어? 내가 뭐 때문에 힘들고 슬픈지 물어본 적이나 있어? 항상 지금 이 자리를 지키라는 소리나 해 대지."

망치로 머리를 두들겨 맞은 기분이었다. 나를 그렇게 생각했다니. 내가 자기 엄마와 같다니.

"그, 그런 게 아니야. 나도 알아. 너 힘든 거. 너희 부모님 이혼하실지도 모른다는 것도 다 알아. 난 그냥 네가 잘됐으면 좋겠어서……."

수희가 부은 뺨을 만지며 웃기 시작했다.

"내가 말 안 해도 넌 벌써 다 들었구나. 우리 집 이야기

말이야. 사람들은 다 똑같아. 그저 남 잘못되기만 바라면서 소문이나 퍼트리지. 왜, 너도 그 소문 학교에 좀 퍼트리지 그랬니?"

나는 화를 못 참고 수희를 향해 또 손을 들려다가 간신히 참았다. 지금 내 앞에 있는 것은 내가 알던 수희가 아니다. 절대 그 수희가 아니다. 도대체 얘는 누굴까? 그런 생각이 들자 할 말도 다 사라지는 기분이었다.

"엄마도 아빠도 싫지만 현지 네가 제일 싫어. 너만 아니었음 지금 내가 이런 꼴도 아니었을 거야. 경찰서로 가서 내가 범인이라고 고발하든지, 내일 학교 가서 다 일러바치든지 그건 네 마음대로 해. 그 대신 이제 나랑 친한 척은 그만해."

어떻게 사람이 이렇게 달라질까? 어떻게 이런 일이 나한테 일어날까? 멍하니 서 있는 나를 향해 수희가 또 입을 열었다.

"왜 말이 없어? 나한테 그렇게 사과를 듣고 싶어? 하지만 어쩌지, 나는 절대 너한테 사과하지 않을 건데. 너 같은 거랑은 처음부터 친구 따위 하지 않는 게 좋았어."

수희는 아무 말도 못 하는 나를 경멸하듯 보더니 아파트 안으로 걸어 들어갔다. 나는 그런 수희의 뒷모습을 바라볼 뿐이었다. 밤은 어두웠고 내 마음은 그것보다 더 어두워졌다. 뭐가 잘못됐던 걸까? 아무리 생각해도 알 수 없었다. 이제 나는 어떻게 해야 할까? 누명을 벗기 위해서 수희를 고발해야 하나? 이제 애들이 나를 함부로 하지도 못하는데 거기에 대고 큰소리치며 사과를 요구해야 하나? 윤우가 보고 싶다는 생각이 들었다. 하지만 꾹 참기로 했다. 그냥 그래야 할 것 같았다.

날이 밝았지만

아침이 됐다. 어제 일이 꿈만 같았다. 나는 수희를 무슨 생각으로 찾아갔던 걸까? 네가 범인이니 모든 걸 다 책임 지라고 하려 했던 것일까? 아니면 다시 전처럼 친해지고 싶어서 갔던 것일까? 나는 수희가 그럴 수밖에 없었던 이 유가 분명 있을 거라고 믿고 싶었다. 하지만 수희는 아무 런 이유도 말해 주지 않았다. 제일 친한 친구라면 말하지 않아도 알아야 하는 걸까? 혹시 그렇다면 난 처음부터 수 희의 제일 친한 친구가 아니었던 게 맞다. 어제 수희에게 서 느꼈던 건 나를 향한 증오뿐이었다. 출구가 어디 있는 지 알 수 없는 컴컴한 방에 갇혀 더듬거리는 기분이다.

학교 앞 횡단보도에 섰는데 교문 앞에 기자들이 벌 떼

처럼 몰려 있었다. 저번처럼 기자들에게 시달리는 거 아닌가 싶어 살금살금 뒷문으로 가 담을 넘었다. 계단을 조용히 올라 살그머니 문을 여는데 분위기가 어수선했다. 아이들은 나를 보자마자 달려들었다. 찬물을 뒤집어쓴 듯 순간적으로 몸이 움츠러들어 얼른 자리로 달려갔다. 아이들은 그런 나를 따라와 이제까지 본 적 없던 상냥한 얼굴로 책상 주위를 둘러쌌다.

"현지야, 너 기사 봤어?"

"지금 인터넷에서 난리 났어."

어리둥절했다. 마치 내가 언제 왕따였냐는 듯 아이들은 친근한 표정으로 나에게 다가와 속사포처럼 말을 던졌다.

"얼마나 억울했냐? 우리는 진짜 몰랐어."

"세상에, 수희가 그랬을지 누가 상상이나 했냐고."

아이들의 입에서 수희 이름이 나온 순간 뒤통수를 맞은 것처럼 멍해졌다. 이게 무슨 소리지? 난 아무 말도 안 했는데 어떻게 애들이 그걸 알고 있는 거야?

"너희들 지금 무슨 소리야?"

나는 당황한 얼굴로 아이들에게 물었다.

"뭐야? 너, 진짜 아무것도 모르는 거야? 하긴 이러니까 바보처럼 수희한테 그렇게 당했지."

"글쎄, 낙서 범인이 수희래. 벌써 인터넷에 CCTV 동영상 다 떴어. 방범업체 사람이 양심선언했다고 그러더라."

"양심선언은 무슨 양심선언이냐? 내가 본 기사에서는 수상하게 생각한 기자가 파헤쳐서 알아낸 거라던데."

곳곳에서 떠들어 대는 소리는 온통 수희 이야기였다. 역시 내 친구 수희는 슈퍼스타다웠다. 모두의 관심이 수희에게 쏠려 있었다. 대부분이 비웃음이거나 꼴좋다는 이야기였다는 것이 이전과 달랐지만 말이다. 아이들은 나를 왕따시킬 때만큼이나 신나 보였다.

나는 고개를 돌려 연주를 보았다. 지금 떠들어 대는 아이들의 말은 귀에 들어오지도 않았다. 어차피 이 아이들은 파리 떼처럼 냄새나는 이야기에 몰려갔을 뿐이다. 내가 진짜 궁금한 건 연주였다. 수희 옆에 있고 싶어서 나를 왕따까지 시켰던 연주의 상태가 궁금했다. 연주는 책상에 엎드려 꿈쩍하지 않았다. 연주는 언제나 잘난 척만 하던 왕재수였는데 지금 이 순간만은 내 옆에서 떠들어 대는 아이들보다 나아 보였다. 적어도 수희를 생각하는 연주 마음이 진짜였단 건 알 수 있었다.

"지금 와서 하는 말이지만 난 처음부터 이상했어. 현지가 그럴 애는 아니잖아. 나 같으면 친구가 잘되면 샘나고 그랬을 텐데, 얘는 한 번도 그런 적 없었잖아."

"맞아. 매일 수희밖에 몰랐지. 그런 친구한테 이렇게 누명을 씌우다니 진짜 수희 개 장난 아니다."

'너희들은 진짜 양심에 털 났구나. 사실대로 말하면 누명은 너희가 씌웠지. 수희는 아무 말도 안 했을 뿐이고.'

나는 아이들에게 화를 내고 싶었지만 그냥 참았다. 아이들은 자신들도 피해자인 것처럼 수희 욕을 해 대며 속았다고 억울해했다. 언제는 수희와 친해지고 싶어서 그 옆에서 떨어질 줄을 모르더니, 정말 해도 해도 너무한다는 생각만 들었다. 결국 수희는 학교에 오지 않았다. 학교 앞에서 진을 치고 기다리던 기자들은 닭 쫓던 개들처럼 모두 뿔뿔이 흩어졌다.

수업이 끝난 후, 집에서 내내 인터넷 기사를 뒤져 보았다. 검색어 1위에 진수희가 있었다. 저녁에는 〈연예가 생방송〉에 수희네 아파트가 나왔다. 기자들은 수희 사건을 보도하기 바빴다. 며칠 뒤 시사 프로에서는 아역 배우들의 문제에 대해 보도하기도 했다. 수희는 그 이후로 학교에 계속 나오지 않았다.

얼마 후 윤우가 학교 앞으로 찾아왔다. 조금 길던 앞머리가 깔끔하게 정리돼 있었다. 윤우는 담담한 표정으로 바닐라아이스크림을 하나 건네며 물었다.

"어때? 범인이 밝혀져서 기분이 좀 풀려?"

"너 같으면 풀리겠니? 반 애들이 아주 나 왕따시킬 때보다 더 신났더라."

"너야 수희 친구라는 것 빼고는 평범한 애였지만 수희는 스타였잖아. 당연히 더 부럽고 샘도 났겠지."

윤우는 재미없는 얼굴로 아이스크림을 베어 물었다.

"난 그냥 수희가 왜 그랬는지 그게 궁금해. 이렇게 수희를 미워한 채로 다 끝나면 앞으로 다시는 친구를 못 사귈 것 같아."

멍하게 서 있다 대답하는데 아이스크림이 녹아서 손가락을 타고 흘러내렸다. 나는 얼른 흐른 부분에 입을 가져다 댔다.

"지금 무슨 소리야? 그럼 나는 친구 아니야?"

윤우가 서운하다는 표정으로 아이스크림을 핥는 나를 흘겨봤다.

"아, 그래, 네가 있었구나."

"당연하지. 친구도 아닌데 네가 힘들 때 옆에서 도와줬겠어?"

윤우가 양손을 탁탁 터는 시늉을 하며 씩 웃었다. 그러고는 생각난 듯이 이야기했다.

"아, 그리고 '쑤희절친' 있잖아. 그거 알고 보니 수희였어. 누가 아이피 추적해서 밝혔다더라. 왜 그랬냐고 게시판에서 팬들이 따졌더니 돌아온 대답이 뭐였는지 알아? 글쎄, 심심해서 그랬단다. 그래서 그것 때문에 팬들은 한바탕 난리 나고, 이번 사건까지 같이 겹쳐서 팬심 하나는 단단하던 우리 카페가 수희 안티카페로 바뀌었어. 애들 참 웃기지?"

"그러게, 애들 참 웃긴다."

우리는 동시에 쓸쓸히 헛웃음을 지었다. 속이 텅 비어 껍질만 남은 웃음이었다. 뭔가 안에서 무너지는 것 같았다. 눈가가 뜨거워졌다.

"야! 너, 왜 그래?"

윤우가 놀라서 물었다. 나는 얼른 눈물을 훔쳤다. 문득 내가 울 자격이 있는 걸까 하는 생각이 들었다.

"어쩌면 정말 사과해야 하는 건 나일지도 몰라."

"그게 무슨 소리야?"

걱정스럽게 묻는 윤우의 눈을 피해 고개를 슬며시 돌렸다.

"난 네가 생각하는 거랑 다른 애야. 겉하고 속이 다른 그런……."

윤우가 답답하다는 듯 한숨을 쉬었다.

"갑자기 왜 그래? 말을 안 하면 알 수가 없잖아."

그런 윤우를 보며 잠시 고민을 했다. 그동안 꽁꽁 묶어 숨겨 두었던 나의 추한 속마음을 꺼낼지 말지 말이다. 윤우는 나를 이해할까? 내가 다 말하면 수희보다 날 더 싫어할지도 모른다. 하지만 이야기하고 싶었다. 이제 더 이상은 거짓말도, 감추는 것도 다 싫었다. 가벼워지고 싶었다. 그래 이야기하자. 나는 헛기침을 몇 번 하고 마음을 다잡았다.

"수희가 유명해지고 일 년 정도 지나서 아줌마는 나를 참 싫어했어. 수희는 자기 엄마가 왜 그러는지 전혀 알지 못했지."

"수희 엄마 재수 없는 거야 수희 팬이면 다 알아. 못됐잖아. 그러니 너도 이유 없이 괴롭혔겠지."

윤우의 말에 나는 고개를 저었다.

"그래서가 아니야. 아줌마는 나 정말 좋아했었어. 수희가 연예인 되고 처음에는 나한테 자주 놀러 오라고 하고 방송국도 데려가고 했는걸. 수희는 자기가 갑자기 유명해지고 돈도 많이 버니까 아줌마가 변한 거라고 생각했지만 그게 다가 아니야."

174

"그럼 도대체 이유가 뭐라는 거야?"

윤우가 궁금하다는 얼굴로 나를 쳐다봤다. 나는 너무나 부끄러워 영원히 숨기고 싶었던 비밀을 말하기 시작했다.

"아줌마가 날 싫어하는 진짜 이유는 따로 있어. 사실은 말이야, 나 수희를 내 동생처럼 생각했었어. 걘 뭐든지 좀 느렸거든. 내가 자전거 타는 법도 알려 주고, 쌩쌩이 뛰는 요령도 가르쳐 줬었어. 난 항상 으스대면서 언니처럼 굴었던 거 같아. 솔직히 핸드폰으로 수희와 영상 찍을 때, 날 위해서 수희를 들러리로 세운 거였어. 내가 걔보다 춤도 잘 추고, 성대모사도 잘하고, 노래도 잘하니까 내가 돋보일 거라고 생각했지. 그런데 그건 정말 나만의 착각이었어.

수희가 영화감독에게 캐스팅되자, 난 그 충격으로 일주일 동안 잠도 잘 못 잤어. 그리고 처음으로 냉정하게 거울을 들여다봤지. 거기에는 뚱뚱한 돼지 한 마리가 슬픈 얼굴로 서 있더라고. 문득 내가 날씬했다면 영화감독은 날 택했을 거라는 생각이 들었어. 그래서 정말 이를 악물고 살을 빼서 아무도 몰래 혼자 동영상을 찍었어. 수희와 찍을 때보다 훨씬 더 정성껏 말이야. 그리고 영화감독의 개인 메일로 보내 봤지만 아무리 기다려도 연락이 없더라고. 얼마 후 수희가 찍은 영화가 개봉됐어. 영화관에 가 영화

175

를 보고서야 알았어. 그 아이와 나의 차이를. 정말이지 수희는 화면 안에서 빛나고 있더라. 마치 배우를 하기 위해 태어난 아이처럼 말이야. 난 뭘 믿고 걔가 나보다 못하다고 생각했던 걸까. 쥐구멍이라도 찾고 싶었어. 집에 가서 펑펑 울었지. 수희를 인정하고 싶지 않았어. 나보다 모든 게 못하다고 생각했던 걔가, 내가 그토록 되고 싶었던 배우가 된 게 너무 싫었어. 그리고 다시 거울을 봤지. 그 안에는 질투에 찌든 평범하게 생긴 여자애가 있었어."

내가 쉴 새 없이 울먹이며 이야기하자 윤우가 걱정스러운 듯 내 말을 끊었다.

"설마 네가 질투 좀 했다고 아줌마가 널 싫어했다는 거야? 그건 너무 심하다. 내가 너라도 그 정도 질투는 할 거 같은데. 더 울다가는 탈 나겠다. 물이라도 사 올 테니 조금만 기다려 봐."

자리에서 일어서려는 윤우의 팔을 잡으며 고개를 저었다.

"그게 다가 아니야. 그 정도에서 끝냈으면 이렇게 괴롭진 않지."

윤우는 무슨 말인가 하려다가 입을 다물었다. 그러고는 한참 뒤 다시 입을 열었다.

"뭐가 더 있는지는 모르지만 여기서 속 시원하게 다 얘기하고 잊어버려. 나도 듣고서 잊어버릴게."

　윤우의 말이 힘이 됐지만 내가 마저 이야기하면 윤우는 방금 자기가 했던 말을 후회할지도 모른다. 그래도 이야기하고 싶었다. 그래야만 할 거 같았다.

　"이 고백을 하려니까 정말 창피하다. 하지만 지금이 아니면 평생 말할 수 없을 거 같아. 그 부끄러운 짓을 말이야. 난 개 앞에선 여전히 좋은 친구였어. 하지만 뒤에선 수희를 인정할 수 없었지. 그래서 말이지, 내가 무슨 짓을 했냐면, 학교가 끝나면 집에 가기가 무섭게 컴퓨터를 켰어. 그러고는 수희 기사를 하나하나 찾아내 댓글을 달기 시작했어. 좋은 말을 했냐고? 아니. 끔찍한 악플만 달았어. 입에 담지도 못할 욕을 쏟아부었지."

　윤우의 표정이 굳어져 갔다. 하지만 난 애써 못 본 척 이야기를 이어 갔다.

　"어떤 사람과는 싸우기까지 했어. 내가 처음 올렸던 동영상에도 욕을 한가득 써 놓았지. 생긴 것만 뻔지르르하다고 말이야. 진짜 연기를 잘하는 건 그 옆의 친구인데, 감독 눈이 삐었다고도 했어. 그러고는 수희 앞에서 제일 착한 친구 노릇을 했어. 미안하지는 않았어. 수희가 내 자리를 뺏었다고 생각했으니까. 그러던 어느 날이었어. 수희를 만나기로 했는데 촬영 때문에 늦는다는 거야. 그래서 투덜거리며 수희네 집에서 기다리고 있었지. 기다리다 짜증이 난 나는 수희 컴퓨터로 또 악플을 써 댔어. 얼마나 신이 나서 써 댔던지 수희 엄마가 내 등 뒤에 와서 한참 보고 있던 것도 모를 정도였어."

그때 생각을 하니 손이 저리고 얼굴이 빨개졌다. 너무 부끄러워서 더 이상 이야기하고 싶지 않았다. 하지만 그럴 순 없었다. 침을 천천히 삼키고는 고개를 숙였다.

"아줌마는 나를 밀치고는 그간 내가 남긴 악플들을 모두 찾아냈어. 너무 분한지 부들부들 떨며 나를 째려보기만 했지. 그러고는 한참을 고민하더니 차가운 목소리로 말했어. 이때까지의 정을 생각해서 봐주겠다고. 마음 같아서는 두 번 다시 보고 싶지 않지만 수희가 충격받을 걸 생각해서 참는다고. 그때 수희는 한창 배우로 적응해 가던 시기였거든. 그리고 나한테 맹세를 받아 냈어. 앞으로는 절대 수희를 배신하지 말라고 말이야. 한 번 더 이런 일이 있으면 가만두지 않겠다고 했지. 나는 울면서 고개를 끄덕거렸어. 그때 마음속으로 다짐했지. 다시는 수희를 배신하지 않을 거라고 말이야. 그게 내가 저지른 부끄러움을 감추는 일이라고 믿었어. 생각해 보면 아줌마는 참 좋은 사람 같

아. 끝까지 수희한테 내 이야기를 감춰 줬으니까 말이야. 나보고 항상 수희한테서 떨어져 나가라고 했지만 실제로 못 만나게 한 적도 없었어."

이야기를 다 하고 나니 입안이 바싹 말라 침을 삼키기도 힘들었다. 마음이 가벼워질 줄 알았는데 그렇지도 않았다. 윤우는 한참 말이 없었다. 당연한 일이었다. 나 같아도 내가 징그러울 것 같았다.

"나, 괴물 같지?"

간신히 입을 열었다. 윤우가 그런 나를 물끄러미 쳐다보다 고개를 가만히 저었다.

"아니, 그냥 현지 같아. 세상에 완벽한 사람은 없어. 물론 네 얘기는 충격적이라서 지금 당장 이해하기는 힘들어. 하지만 내가 겪은 너를 믿어 볼래."

그 말을 듣는데 마음이 복받쳐 올랐다. 눈물이 솟아올라 후두둑 떨어졌다. 나는 수희에게 저지른 잘못을 윤우에게 용서받았다. 윤우는 아무 말 없이 가만히 내 옆에 앉아 내가 눈물을 그치기를 기다려 주었다. 텅 비었던 마음의 껍질 안으로 따뜻한 눈물이 찰랑거리며 차올랐다.

수희의 이름은 그 후 일주일 정도 인터넷 검색 순위에

올라 있었다. 전과 다른 점은 이젠 아무도 수희를 좋아하지 않는다는 거였다. 사건을 숨기려 했다는 이유로 교장 선생님은 책임지고 사표를 내야 했다. 다행인지는 모르겠지만 다른 선생님들은 모두 무사했다. 우리 집에도 기자들이 여러 번 찾아왔었다. 나를 억울한 피해자로 생각한다면서 인터뷰를 하자고 했지만 나는 한 번도 응하지 않았다. 반 아이들은 수희와 친했을 때보다 더 나를 챙겨 주고 좋아해 줬다. 하지만 거기에는 아무런 감동도 진심도 없었다.

범인이 밝혀지고 왕따도 끝났지만 내 마음은 여전히 무거웠다. 알 수 없었다. 수희는 왜 그런 걸까? 수희의 전화번호를 눌렀다 지웠다 한 게 수십 번은 되었다. 수희가 전화를 받을 것 같지도 않았지만 받는다고 해도 어떤 이야기를 꺼내야 할지 알 수 없었다. 오늘도 학교에 안 나올까? 요 며칠은 왕따당할 때만큼이나 학교 가는 게 싫었다. 나를 범인으로 몰고 괴롭힐 때는 언제고, 왜 그렇게 나한테 친한 척들을 하는지 이해할 수 없었다. 자기들도 속았다면서 마치 엄청난 피해자처럼 구는 걸 보면 웃음이 나왔다. 그나마 연주라도 나한테 말을 안 걸어 줘서 고마울 정도다. 사실 내가 연주의 발목을 물어뜯은 날 내 왕따 신세는 끝이 났다. 걔들은 심심풀이로 한 일에 자신들의 발목을 물리는 게 싫었던 것 같았다. 윤우의 말대로다. 누가 범인이든 상관없던 거다.

자리에 앉아 턱을 괴고 창밖을 바라보았다. 바람이 부니 나뭇잎들이 푸른빛으로 흔들거렸다. 항상 창밖을 바라보던 수희 생각이 났다. 수희는 창밖에서 뭘 찾고 있었을까? 그때 교실 뒷문이 열리는 소리가 들렸다. 그와 동시에 아이들이 웅성거리기 시작했다.

수희였다. 수희는 무표정한 얼굴로 아무렇지도 않게 자리에 앉았다. 연주가 벌떡 일어나 수희 쪽을 몇 번 쳐다보고 안절부절못하더니 다시 자리에 앉았다. 아이들도 쑥덕대며 수희 쪽을 힐끔거렸다. 곧 수업 시작 종이 울리고 담임이 들어왔다. 우리는 조용히 영어책을 폈다.

담임은 별말 없이 수업을 시작했다. 뒤에서 유진환이 소곤거리는 소리가 들렸다.

"어떻게 저렇게 뻔뻔해? 아무 일도 없었다는 표정이잖아. 제일 친한 친구를 누명까지 씌워서 왕따시켰으면서 어떻게 학교엘 나와? 나 같으면 꿈도 못 꾸겠다."

"그러게 말이야. 착하게 생긴 얼굴 밑에 그런 속마음이 숨어 있었다니, 난 너무 놀라서 기사 뜬 날 저녁에 잠도 안 오더라. 그래도 진수희가 연기를 잘하긴 하나 봐. 우리뿐만 아니라 백현지도 속인 거 보면 말이야."

박현수가 유진환 옆에서 맞장구를 쳤다.

"조용히 해! 떠들면 화장실 청소다."

담임이 칠판을 두드리며 소리쳤다. 아이들은 곧 조용해졌지만 교실 안은 수희를 몰래 쳐다보는 눈초리로 북적거렸다.

종이 울리자마자 담임은 빠른 걸음으로 교실을 떠났다. 하루 종일 수희는 아무 말 없이 아이들의 험담과 시선을 견뎌 냈다.

수희가 학교를 나온 건 이날 딱 하루였다. 얼마 후 담임은 수희가 전학을 가기로 했다고 전해 주었다. 수희는 더 이상 텔레비전에 나오지 않았다. 촬영 중이던 영화도 중간에 다른 아이로 바뀌었다. 이 주 정도 지나자 학교에서도 수희 얘기를 하는 애들은 더 이상 없었다. 그리고 한 달 정도 지나자 텔레비전에서도 인터넷에서도 마치 수희는 처음부터 없었던 애인 것처럼 사라졌다. 아무도 얘기하지 않았다. 나는 가끔 윤우를 만나고, 재미없는 학교와 학원을 열심히 다녔다. 수희에게서 메일이 온 건 그 무렵이었다.

내 친구 현지에게

잘 지내고 있니? 난 아직 전학 간 학교에 나가지 않고 있어. 좀 더 조용해질 때까지 집에서 공부하는 게 좋을 것 같다고 엄마가 그랬거든. 어쩌면 우리 집 이민 갈지도 몰라. 엄마가 부끄러워서 한국에서는 고개 들고 살 수도 없대. 소속사에서도 쫓겨나고 하던 프로그램도 다 그만뒀어. 혹시 너한테 그런 짓을 했으니 이런 일을 당해도 싼 거라고 생각하고 있니? 나, 너한테 미안하다는 말은 하지 않을래. 왜냐하면 내가 그렇게까지 한 거에는 네 책임도 절반쯤 있으니까. 너랑 나랑은 제일 친한 친구니까 반반씩 나누는 게 맞겠지?

현지 넌 계속 궁금했겠지. 내가 왜 그렇게까지 했는지

말이야. 이제 솔직히 말해도 될 것 같다.

나, 사실은 그동안 계속 너를 원망했었어. 처음에 네 덕분에 연예인이 됐을 땐 좋기만 했지. 하지만 그것도 얼마 안 가더라. 내가 유명해질수록 주변 모든 게 다 변해 갔어. 너만 빼고 말이야. 사이좋던 엄마 아빠는 매일 싸우더니 결국 이혼한다 그러고, 학교에서는 얼굴도 모르는 애들이 친한 척을 했지. 소속사에서는 여기저기 나를 출연시키며 매일 밤을 새우게 만들었고, 이상한 팬은 매일 집 앞까지 와서 자기를 좋아해 달라고 나를 협박했었어. 물론 너도 알고 있었던 일이지. 하지만 넌 이건 몰랐겠지? 내가 정말 너무 힘들고 지쳐 갔다는 걸 말이야.

내가 돈을 잘 벌면 난 우리 가족이 가난할 때보다 더 행복해질 줄 알았어. 그런데 아니더라. 내가 번 돈이 우리 엄마 아빠 사이를 갈라놓더라고. 난 속이 타고 괴로운데 너는 그것도 모르고 매일 나만 보고 웃고…….

나, 실은 너무 힘들어서 견디지 못하고 소속사에서 난리를 친 적이 있었어. 그런데 소속사 사장님이 나를 야단치는 게 아니라 나랑 제일 친한 매니저 언니를 잘라 버리더라. 너도 알 거야. 유미 언니 말이야. 너한테는 집안일 때문에 그만뒀다고 했었잖아. 그거 사실은 나 때문에 잘린 거였어. 우리 엄마는 말만 매니저지, 내가 힘들 때 곁에서 나를 따뜻하게 보살펴 주던 건 유미 언니뿐이었어. 난 너무 미안해서 언니한테 아무 말도 하지 못했어.

언니는 내가 처음 연기를 시작할 때부터 내 옆에 있었어. 또래 연기자 애들한테 지기 싫어서 아파도 안 아픈 척, 힘들어도 안 힘든 척 항상 웃었지만 언니는 참 신기하게도 내 진짜 마음을 바로 알더라. 내가 너무 신기해서 물었더니 언니는 환하게 웃으며 말해 줬었어. 그건 자신이 지켜 주는 연기자에 대한 사랑이 있어서라고 말이야. 언니는 내가 아역 배우에서 멋진 성인 연기자가 되는 걸 옆에서 지켜보고 싶다고 했었어. 최고가 될 필요는 없다고 했어. 내가 행복하고 남을 행복하게 만들어 주는 그런 연기자가 되면 충분하다고 했어. 자기가 그렇게 만들어 줄 거라고 말하면서 내 손을 꼭 잡아 주었었지.

하지만 언니는 매니저 중에서도 제일 막내였고 막일만 했어. 사람이 너무 착하니까 다른 매니저들한테 치이기만 했지. 그런 언니가 나 때문에 짤렸으니 난 눈에 뵈는 것도 없었어. 그래서 촬영 끝나고 학교를 지나가다 홧김에 내 사진에 낙서를 한 거야. 그게 그렇게 큰 난리가 날 줄은 몰랐지.

두렵기도 하고 너무 힘들어서 너랑 햄버거 먹던 날 그 얘기를 하려고 했었어. 그런데 엄마한테 끌려가서 아무 말도 못 했지. 그리고 차 안에서 네 카톡을 받은 거야. 네 덕분에 스타가 됐으니 열심히 하라는 그 카톡 말이야. 나는 망치로 맞은 거처럼 멍해지고 그다음엔 화가 났어. 그리고 유미 언니의 말이 생각났어. 사랑이 있으면 다 알 수 있다는 이야기 말이야. 그때 생각했지. 네가 정말 내 제일 친한 친구고 나를 소중하게 생각한다면 왜 내 마음을 몰라주는 걸까 하고. 그 순간 네 우정은 다 거짓말같이 느껴졌어. 그리고 그동안 쌓여 왔던 너에 대한 원망이 폭발했지. 이 모든 게 너 때문에 시작된 일이라는 생각이 들었어. 물론 너 때문이 아니란 걸 알아. 그저 누군가에게 책임을 넘기고 싶은 마음뿐이었나 봐. 모든 게 다 싫어졌어. 난 정말 모든 걸 엉망으로 만들고 싶었어. 그래서 교장실로 가서 그 난리를 친 거야.

그런데 정말 웃긴 게 뭔지 아니? 내가 그렇게 난리를 쳐대도 그 끔찍한 슈퍼스타라는 사실이 모든 걸 덮어 준다는 거였어. CCTV 녹화 영상을 확인한 교장 선생님이 우리 엄마를 불러서 그 일을 비밀로 만들자고 했어. 당연히 앞뒤 잴 경황이 없던 우리 엄마는 교장 선생님이 시킨 대로 했어.

　교장 선생님을 만나고 온 엄마가 나한테 그러더라. 스타가 돼서 다행이라고. 난 너무 웃겼어. 내가 스타가 되지 않았으면 엄마 아빠가 싸울 일도, 유미 언니가 잘릴 일도, 내가 그런 짓을 할 이유도 없었는데 내가 스타가 돼서 다행이라니, 네가 생각해도 웃기는 일 아니니? 그러고는 나한테 협박을 하더라. 내가 입만 뻥긋하면 아빠랑 이혼해 버릴 거라고. 엄마는 내가 제일 두려워하는 게 뭔지 알았던 거야. 그것도 유미 언니 말처럼 나에게 사랑이 있으니까 알 수 있었던 걸까?

　하여튼 그래서 난 아무 말도 하지 않았어. 그렇게 끝났으면 다행이었을지도 몰라. 엄마와 교장 선생님은 나 대신 죄를 뒤집어써 줄 범인이 필요했지. 엄마는 너를 지목했고 두 사람은 인터넷에 너에 대한 글을 올려놓았어. 내 팬카페부터 기자들이 많이 가는 게시판에까지 글을 써 댔지. 인터넷에서 네가 범인이라고 떠들썩하자 교실에선 기다렸다는 듯이 연주가 널 괴롭히기 시작했어. 아주 솔직히 말하면 조금 고소한 마음도 있었어. 나만 괴로운 게 억울했거든. 그래서 내가 어떻게 했는지 아니? 전부터 가끔 내 팬카페 게시판에 '쑤희절친'으로 들어가 나에 대한 정보를 팬들한테 주곤 했거든. 난 그 이름을 이용해서 학교에서의 일도 떠벌렸어.

그런데 기분이 이상하더라. 사람들이 널 향해 손가락질을 하면 내가 같이 매 맞는 느낌이더라고. 그건 아마도 내가 너를 좋아하기 때문이었겠지. 하지만 난 그렇게라도 해야 하루하루를 견딜 수 있었어. 너에 대한 마음은 하루에도 열두 번은 바뀌었어. 그러다가 결국 미안함과 미움이 마치 한 몸인 듯 붙어 버리더라. 널 보면 너무 마음이 아팠지만 난 아무것도 할 수 없었어. 마치 유미 언니가 내 마음과는 상관없이 쫓겨났을 때처럼 말이야.

네가 연주를 물어뜯었을 땐 내 마음도 물어뜯기는 것 같았어. 네가 울 땐 나도 울고 싶었고, 네가 힘들어할 땐 나도 힘들었어.

다시 말하지만 나 너한테 미안하다는 말은 안 할래. 변명 같지만 나도 너만큼 힘들었으니까. 지금은 너무 좋아. 집이 어려워지니까 엄마랑 아빠는 사이가 다시 좋아졌어. 엄마는 돈과 명예를 다 잃고 나더니 구석에 처박혀 있던 아빠를 발견해 내더라고.

이제 어른들 사이에서 억지로 웃으며 연기 안 해도 돼. 나, 사실 억지로만 아니면 연기가 꽤 좋았던 것 같아. 하지만 앞으로 내가 연기를 하기란 하늘에 별 따기보다 힘들어지겠지. 참, 그리고 연주 말이야, 걔가 마음에 걸려. 나는 용서하지 않아도 좋으니까 연주는 용서해 줄래? 걔는 그저 나한테 잘 보이고 나랑 친하게 지내고 싶은 생각뿐이었나 봐. 전학 갈 때까지 매일 우리 집에 찾아오고 전화해 주더라. 물론 만나 주지도 않고 받아 주지도 않았어. 걔한테 별 관심도 없었거든. 하지만 생각해 보면 나 때문에 그런 짓까지 한 게 너무 불쌍하단 생각이 들어. 그러니까 이제 그만 연주도 용서해 줘. 솔직히 잠시지만 반 애들한테 당할 때는 너한테 빚을 갚는 기분이 들었어. 그래서 한편으론 기쁘기까지 했어. 어쩌면 넌 날 계속 미워하겠지. 나 같아도 미워할 것 같아. 그래도 난 네가 무척 보고 싶을 거야. 언제나 그리울 거야.

　　– 너의 수희가

　몇 번이고 천천히 메일을 읽어 보았다. 그리고 책상에서 내려와 침대 밑에 웅크려 앉았다. 난 왜 진짜 중요한 건 아무것도 몰랐던 걸까? 왈칵 눈물이 쏟아졌다. 내 친구 수희가 정말로 보고 싶었다.

너를 다시 만나고 싶어

중학교에 들어가서 처음 사귄 친구가 있었다. 목소리가 크고 모든 게 단순했던 나와는 달리 차분하고 속이 깊어 보이는 친구였다. 얼굴도 얼마나 예쁘던지 같이 다니면 뒤돌아보는 사람들도 꽤 많았다. 그 이전까지 나의 세계는 그저 학교가 끝나면 뛰어놀다가 해가 지면 집에 가서 배부르게 먹고 자는 게 다였다. 감정도 딱 그 행동에 비례했다. 친구 관계란 것도 너무 뻔해서 들여다볼 것까지도 없었다. 속마음이라든지 복잡한 이야기 같은 건 해 본 적도 없었다. 정이란 게 어떻게 생긴 건지 몰랐고 친구와 깊은 우정이라는 걸 키울 생각도 해 본 적이 없었다.

그런 나에게 그 아이와의 관계는 참으로 오묘하고 신기한 것이었다. 가족 이외의 사람에게 처음 느껴 보는 감정이었다. 그 아이와 뭐든지 함께하고 싶었던 거 같다. 엄마에게 참고서 산다고 거짓말하고 받은 돈으로 떡볶이도 사 먹고 영화를 보러 가기도 했었다. 어느 날엔가 나는 위풍도 당당하게 가족이 둘러앉은 밥상 앞에서 큰 소리로 외쳤다. 그 아이는 나에게 가족과 같으니까 우리 가족들도 그렇게 생각해 주길 바란다고. 그러니까 나는 가족들에게 내 마음을 허락받고 싶었던 거 같다. 이제 겨우 열네 살 먹은 아이가 그런 말을 하다니. 가족들은 속으로 무슨 생각을 했을까?

어쨌든 우리는 중학교 내내 친하게 지냈다. 서로 주고받은 편지도 한 가마니는 됐던 거 같다. 하지만 내 욕심이 많았던 걸까? 아니면 무슨 큰 실수를 했던 걸까? 나는 그 아이에게 이유는 듣지 못한 채 절교를 당했다. 태어나서 처음으로 사람과의 관계에서 오는 고통을 느꼈던 거 같다. 우리는 다른 고등학교를 가게 됐고 까닭을 묻거나 이야기할 기회가 더는 없었다. 그렇게 성인이 되고 아주 가끔 만나게 됐지만 어릴 때의 그 선명하고 맑은 감정은 다시 느낄 수 없었다. 한번 깊어진 골을 결국 메꾸지 못하고 나이가 들어 버린 것이다.

나는 지금도 생각한다. 난 그때 무슨 잘못을 했을까? 우리는 단지 성격이 서로 너무 달랐던 걸까? 그 아이는 나의 성격을 참아만 주다 어느 날 터져 버린 걸까? 후회를 아무리 해도 과거를 달라지게 할 수는 없다. 이 소설 속의 두 아이처럼 말이다. 혹시 옆에 소중한 친구가 있다면 그 사이를 잘 지켜 나가길 바란다. 오해가 생기고 틈이 벌어지고 그 틈이 오랜 시간 동안 방치된다면 그 사이는 결코 전으로 돌아갈 수 없다.

다시 처음으로 돌아가서 그 아이를 만나고 싶다.

신지영